KB114177

王侯將相
왕후장상

전혁 新무협 판타지 소설

FANTASTIC ORIENTAL HEROES

왕후장상 4

전혁 新무협 판타지 소설

초판 1쇄 찍은 날 § 2014년 11월 23일
초판 1쇄 펴낸 날 § 2014년 12월 1일

지은이 § 전혁
펴낸이 § 서경석

편집부장 § 권태완
편집책임 § 박가연
디자인 § 신현아

펴낸곳 § 도서출판 청어람
등록번호 § 제387-1999-000006호
등록일자 § 1999. 5. 31
어람번호 § 제2-2554호

주소 § 경기도 부천시 원미구 부일로 483번길 40 서경B/D 3F (우) 420-822
전화 § 032-656-4452 팩스 § 032-656-4453
http://www.chungeoram.com
E-mail § chungeorambook@daum.net

ISBN 979-11-04-90002-0 04810
ISBN 979-11-316-9213-4 (세트)

왕후장상

4

전혁 新무협 판타지 소설

FANTASTIC ORIENTAL HEROES

도서출판 청어람

目次

第一章
쾌검대 생사지회

一

"후후! 화 소저께서 친히 나설 줄은 몰랐소. 이거 영광이오. 오늘에야 화씨세가의 명성을 직접 경험할 수 있겠구려."

서문위걸의 말투는 정중했지만, 그렇다고 긴장하는 모습은 전혀 없었다.

원래 비무를 하면 제아무리 고수라 해도 알게 모르게 긴장할 수밖에 없었다.

인간이라면 당연한 현상이다.

적당한 긴장은 집중력에 도움을 주지만, 과도한 긴장은 부자연스러운 움직임을 만들어 제 실력을 발휘하지 못하게 발목을 잡곤 한다.

하나 긴장도 긴장 나름이다. 자신의 상대로 턱없이 부족하다 싶으면 긴장하기보다는 오히려 즐기게 된다.

지금 서문위걸이 그랬다.

화씨세가의 신화가 끝난 건 십 년도 넘은 일이었다. 하물며 화은설이 화씨세가의 절기를 제대로 잇지 못한 것은 알 만한 사람은 모두 알고 있는 일이었다.

'흐흐, 내 손으로 마지막 남은 화씨세가의 명성을 꺾는다면 서문세가의 명성이 지금보다 더 높아질 것이다.'

십여 년 전 화씨세가가 무너지기 전까지만 해도 천하제일세가는 화씨세가로 통했었다.

화진악은 당시 천하제일의 고수로 명성이 자자했다.

그의 죽음과 더불어 화씨세가의 신화도 끝나긴 했지만, 화씨세가의 박투술은 여전히 당금 십대무공 중 하나로 남아 있었다.

만약 서문위걸이 화은설과의 비무에서 승리한다면 서문세가의 명성이 지금보다 더욱 높아질 것은 불을 보듯 뻔한 일이었다.

"흥!"

화은설이 차갑게 코웃음 치고 검을 잡은 손에 힘을 주었다. 오늘의 형세는 호랑이 등에 올라탄 것처럼 위험천만했지만, 그렇다고 지려고 나선 것은 아니었다.

"검에는 눈이 없으니 조심해야 할 거예요."

사력을 다하겠다는 뜻이었다.

열 마디 말보다 한 번의 행동으로 화씨세가의 위력을 보여주는 수밖에 없었다.

서문위걸이 문득 눈살을 찌푸렸다. 화씨세가의 무공은 박투술이라고 알려져 있었다. 한데 화은설이 검을 들고 사력을 다하겠다니 뭔가 앞뒤가 안 맞는 일이었다.

"그 검으로 지금 나를 상대하겠다는 것이오?"

"흥, 그대를 상대하는 데는 이 검으로도 충분해요."

화은설은 입으로는 큰소리를 쳤지만, 사실 검은 평소에 자주 사용하지 않아서 익숙하지 못했다.

하나 그녀는 서문위걸 말고도 앞으로 아홉 명은 더 상대해야 한다. 처음부터 박투술을 펼쳐서 화씨세가 무공의 허실을 알려줄 필요가 없었다.

서문위걸의 눈빛이 차갑게 변했다.

그는 호승심이 유달리 강한 성격이었다. 화은설의 말은 자신은 물론이고 서문세가를 깡그리 무시하는 것이 아니고 무엇이겠는가?

"굳이 검을 사용하겠다면 더 이상 말리지는 않겠소. 하지만 이건 소저가 자초한 일이오. 조만간 지금 그 말을 뼈저리게 후회하게 될 것이오."

서문위걸이 조용히 검을 뽑아 들었다.

검을 쥔 것만으로도 그의 몸에서 날카로운 기운이 흘러나왔다.

화은설은 적잖이 놀랐다.

저런 자세와 기세는 결코 하루아침에 이루어질 수 있는 게 아니었다. 비록 서문위걸이 옹졸하고 치졸한 성격인지는 몰라도 불패신성의 명성은 결코 헛된 것이 아니었다.

서문위걸은 명문세가의 후예답게 검을 한 차례 가볍게 휘둘러 예전 검식을 취한 다음 곧바로 한 걸음 앞으로 내디뎠다.

쐐아아악!

비단 폭이 찢어지는 듯한 소리와 함께 서문위걸의 검이 화은설의 얼굴을 노리고 날아들어 왔다.

탐색전 따위는 필요 없었다.

서문위걸은 처음부터 승부를 걸어왔다.

화은설은 피하거나 막지 않고 서문위걸과 똑같이 한 걸음 앞으로 움직인 후 팔을 쭉 뻗어 검을 찔러갔다.

이는 생사지회라는 수법으로 자신의 몸을 내던져야 위력을 발휘할 수 있는 고명한 절기였다.

서문위걸은 한순간에 자신의 공격이 파훼되는 것을 깨닫고 화들짝 놀랐다. 누가 먼저 찔리느냐의 차이만 있을 뿐, 피하지 않으면 두 사람 모두 중상을 면하기 어려웠다.

'이, 이런!'

먼저 피한 건 서문위걸이었다.

그는 찔러가던 검을 회수하고 재빨리 옆으로 움직였다.

그제야 화은설도 검을 회수하고 뒤로 물러섰다.

'독한 년.'

서문위걸의 입에서 절로 욕이 터져 나왔다.

이런 식의 반격은 남자들도 잘 하지 않는 수법이었다. 하물며 여인의 경우는 두말할 나위도 없었다.

하나 그가 어찌 알겠는가?

화씨세가의 무공은 하나같이 실전 위주의 격렬한 것이었다.

박투술이 허허실실을 노리고 상대를 압박해 들어가는 것이라면 검법은 상대의 공격을 파훼하는 것이 목적이었다. 그 과정에서 쓸데없는 동작이나 불필요한 자세는 모두 생략하고 가장 간단하면서도 효과적인 방법만을 사용했다.

그러다 보니 얼핏 보면 목숨을 내던지는 것처럼 무모하게 보이기도 했지만, 그 위력만큼은 실로 대단한 것이었다.

하지만 불행히도 화은설이 어린 나이에 화진악이 변을 당해 죽었기 때문에 제대로 전수받지 못했던 것이다. 아마 생사지회가 온전하게 펼쳐졌다면 서문위걸은 한쪽 팔이 잘리는 참화를 면치 못했을 것이었다.

삭삭!

서문위걸은 이번엔 번개같이 이초식을 펼쳐 냈다.

그의 검초는 아까보다 더 빠르고 날카로웠다.

순식간에 다섯 개의 검영이 그려지고 화은설의 상체를 휘감아갔다. 서문위걸이 이초식을 펼쳐 내는 동안 그의 검법은 다섯 번이나 변화를 일으켰고, 변화할 때마다 각기 한 개씩의 검영이 생겨난 것이다.

바로 서문세가에서 자랑으로 삼고 있는 섬전쾌검식이었다.

서문세가는 쾌검으로 유명했고, 그중에서도 십팔식의 섬전쾌검식은 한 번 펼쳐지면 천지사방이 검영으로 가득하다 해서 검영난무라고도 불린다.

검영이란 검의 그림자를 말하는 것으로 일종의 잔상 같은 것이었다. 이는 검을 휘두르는 속도가 빨라야 생기는 현상이었다.

하지만 잔상이라고 무시하면 큰코다칠 수가 있었다.

성취 여하에 따라 잔상에도 날카로운 예기를 실어 보낼 수 있기 때문이었다.

과연 화은설은 검영이 가까이 다가오기도 전에 온몸이 찌릿하며 저려왔다. 이는 서문위걸이 검영에 예기를 실어 보낼 수 있는 고수라는 뜻이었다.

二

가히 기호지세였다.

화은설도 불패신성이란 이름이 그냥 붙은 것이 아니라는 것을 깨달았다.

하지만 그녀는 이번에도 물러서지 않고 검영의 중심으로 몸을 던졌다. 무모하기 짝이 없는 행동이었지만, 이것이 생사지회의 핵심이었다. 그리고 그건 현실적으로 가장 효과적인 판단이었다.

쇄애액!

어두운 동굴에 한 줄기 빛이 스며들 듯 그렇게 화은설의 검이 다섯 가닥의 검영 사이를 뚫고 서문위걸의 옆구리를 찔러갔다.

'으으, 무슨 놈의 여자가…….'

서문위걸이 주춤거리며 뒤로 물러섰다. 이렇게 목숨까지 마다하며 덤벼드는 여인은 난생처음이었다. 그로 인해 그는 또다시 초식을 모두 펼치기도 전에 중간에 공격이 끊어지고 만 것이다.

이래서는 도저히 섬전쾌검식의 위력을 드러낼 수가 없었다.

그는 입술을 깨물었다.

더 이상 망설일 이유가 없었다. 주변에는 많은 고수가 있었고, 여기서 자칫 망신이라도 당하는 날엔 서문세가의 위명은 물론이고 불패신성의 명성도 끝장이었다.

그는 섬전쾌검식에서 가장 살기 어린 초식을 연거푸 펼쳐

냈다. 워낙 속도가 빠르다 보니 천지사방이 검영으로 가득했다.

하지만 그때마다 화은설은 죽음도 불사하고 자신의 몸을 내던져 섬전쾌검식의 공격을 봉쇄했다.

두 사람은 순식간에 이십여 초를 주고받았지만, 서문위걸은 한 번도 검법을 완벽하게 펼친 적이 없었다.

그렇다고 화은설이 우위를 점하는 것도 아니었다.

그녀의 생사지회는 완전한 것이 아니기에 매 순간 온몸을 던져야 했고, 이십여 초가 흐른 지금은 온몸에 크고 작은 검상을 입은 상태였다.

"으음."

서문백강의 무표정한 얼굴이 차갑게 굳어졌다.

그는 경험이 많은 노강호였기 때문에 화은설의 검법이 완벽하지 않다는 것을 알아보았던 것이다.

한데도 서문위걸이 초식을 끝까지 펼치지 못한다는 것은 그만큼 화씨세가의 무공이 대단하다는 반증이었다.

영영은 초조한 표정으로 발만 동동 구르고 있었다.

그녀는 무공을 모르기 때문에 뭐가 어찌 돌아가고 있는지 자세한 사정은 알 수 없었다.

하지만 화은설은 계속 상처를 입는 데 반해 서문위걸은 아무렇지도 않은 걸 보면 아무래도 상황이 불리하게 돌아가는 것 같았다.

"아가씨!"

그녀는 눈물이 흘러나오려는 것을 억지로 참았다. 혹시라도 자신이 소리를 지르거나 약한 모습을 보여서 화은설의 심기를 어지럽힐까 두려웠던 것이다.

바로 그때였다.

기무결이 기척도 없이 그녀에게 다가왔다.

장중에 있던 사람 중에 기무결을 주목한 사람은 아무도 없었다.

그는 화은설과 서문위걸의 싸움을 주시하는 한편 영영에게 물었다.

"이게 어떻게 된 일입니까?"

"기 마부!"

영영이 기무결을 보는 순간 왈칵 눈물이 쏟아져 내렸다.

"어디 갔다가 이제 온 거예요?"

"예? 소생은 계속 집무실에 있었습니다만……."

오히려 어리둥절해진 사람은 기무결이었다.

그는 자신의 운기행공을 방해하지 않기 위해 사람들이 일부러 밖으로 나가준 줄 알았는데, 지금 보니 그게 아닌 모양이었다.

기무결은 영영에게 그 연유를 묻고 나서야 겨우 어떻게 된 일인지 알 수 있었다.

이유는 이랬다. 삼대세가에서는 선전포고한 시간보다 하

루 일찍 쳐들어왔던 것이다. 전혀 예상하지 못한 일이었기에 양철기를 비롯한 사대장로들은 크게 당황했다.

아무튼, 그때가 바로 기무결이 천지기하천하무적공의 이름 순서대로 막 선을 그어가며 운기행공에 빠져들었을 때였는데, 아무도 이를 눈치챈 사람이 없었다.

양철기와 사대장로들은 황급히 집무실을 떠났고, 양수란 역시 더 이상 대책을 만들겠다는 생각을 하지 못한 채 그들의 뒤를 쫓아갔다.

화은설은 당연히 기무결이 자신을 따라오는 줄 알고 아예 신경도 쓰지 않았었다.

대청에 들어서고 난 이후 기무결이 없다는 것을 깨달았지만, 그때는 사태가 워낙 급박하게 돌아가는 바람에 다른 생각을 할 수가 없었다.

이것도 하늘의 뜻일까?

결국 기무결이 양피지의 비밀을 풀고 고금오대정종무공의 하나인 천지기하천하무적공의 기연을 얻었다는 사실은 누구도 모르는 비밀이 되어버렸다.

"그러니까 지금 열 번의 비무로 모든 것을 결판낸다는 겁니까?"

"그래요. 한데 우린 벌써 아홉 번이나 패했고, 아가씨가 마지막 주자인데 보시다시피 상황이 좋지 못해요."

"흐음. 그럼 이번 비무가 모든 운명을 결정하겠군요."

기무결도 화은설이 검법을 펼치는 모습은 처음이었다.

화씨세가의 박투술은 전형적으로 남자들에게 더 어울리는데, 검법이라고 다를 게 없었다.

저토록 격렬하고 무모하리만큼 저돌적인 수법은 도저히 여인과는 어울리지 않았다.

그래도 일검 일검 절묘하게 서문위걸의 검법을 파훼하는 모습은 가히 절정의 검법이라 할 수 있었다.

하지만 생각보다 날카로움이 떨어져서 한눈에 봐도 불완전하다는 것을 느낄 수 있었다.

'그래서 가급적이면 검을 사용하지 않으려고 했던 것이군.'

그때, 화은설의 신형이 한 마리 제비처럼 표홀하게 움직이더니 순식간에 서문위걸의 오른쪽 옆구리로 파고드는 것이 아닌가? 자칫하면 팔이 잘려져 나갈 수도 있었지만, 화은설은 그런 위험 따위는 신경 쓰지 않았다.

"앗!"

서문위걸은 화들짝 놀라 뒤로 피하려고 했지만, 그보다 빨리 화은설의 검이 그의 옆구리를 찌르고 지나갔다.

찌익!

서문위걸은 망연한 표정으로 자신의 옆구리를 쳐다보았다.

길게 찢어진 옷자락 사이로 한 줄기 선혈이 흘러내리고 있었다.

이럴 수는 없었다. 화씨세가의 절학이라 할 수 있는 박투술을 상대한 것도 아니거늘 당금 후기지수 중에서 으뜸이라 할 수 있는 자신이 패할 줄이야.

그들은 오십 초 넘게 싸웠지만, 서문위걸은 화은설의 검에 막혀 초식을 끝까지 펼친 적이 거의 없었다. 그것이 더 분하고 원통한 일이었다.

화은설은 거친 숨을 몰아쉬며 짤막하게 말했다.

"양보해 줘서 고맙군요."

서문위걸은 한동안 화은설을 노려보다 자신의 진영으로 걸어갔다. 그런 그의 눈에서는 분노의 눈물이 흘러내리고 있었다.

三

휘익!

삼대세가의 진영에서 하나의 인영이 중앙으로 날아내렸다.

그는 젊고 준수한 청년이었는데 당금 강호에서 명성이 자자한 십준칠화 중 한 명인 남궁유강이었다.

"소생은 남궁유강이라 하오. 숨이 가쁘다면 잠시 휴식을 취해도 상관없소. 남궁세가는 결코 남의 약점을 이용해서 이득을 취하지 않소."

화은설이 고개를 흔들었다.

"그럴 필요 없어요."

"혹시 소생도 그 검으로 상대할 생각이오?"

"흐음."

화은설은 갈등하지 않을 수 없었다.

열 번 중에 이제 겨우 한 번 이겼을 뿐이었다.

가야 할 길은 까마득하게 먼데 벌써 박투술을 들고 나오면 그다음부터는 감당하기 어려울 것이 뻔했다.

하지만 남궁유강은 십준칠화 중에서도 다섯 번째 서열이었고, 그 자질은 서문위걸하고는 비교할 수 없었다.

'여기서 지면 끝장이야.'

화은설이 입술을 질끈 깨물고 검을 내려놓았다.

앞으로 남은 비무를 생각하느니 지금 당장의 비무에 집중하는 것이 더 현실적이란 생각이 들었던 것이다.

그때였다.

누군가 그녀의 어깨를 가볍게 잡는 것이 아닌가?

뒤돌아보니 낯익은 얼굴이 보였다.

기무결이 그녀를 향해 빙그레 웃고 있었다.

"저자는 내가 상대할 테니 아가씨는 잠시 쉬고 있으세요."

"너, 너… 어디 갔다 이제 온 거야?"

"그럴 일이 좀 있었습니다."

기무결이 빙그레 웃었다.

화은설은 상당한 심리적인 압박을 받고 있던 중이었다.

하지만 신기하게도 기무결의 얼굴을 보는 순간 마음의 안정이 찾아왔다.

"이번에 지면 끝이라면서요?"

"그, 그건 그렇지만……. 절대 물러설 수 없어. 이건 화씨세가의 명예가 걸려 있는 일이라구."

평소였다면 화은설은 군말없이 물러났을 것이었다.

하지만 지금 그녀는 화씨세가의 명예를 위해 싸우고 있었다. 상황이 불리한 걸 알아도 절대 물러설 수 없는 이유가 여기에 있었다.

"후후, 나도 화씨세가의 무공을 익힌 걸 잊었습니까?"

"그건 초식만 익힌 것이잖아? 알맹이가 빠진 무공으로 고수와 싸우다 자칫 죽을 수도 있어."

기무결이 어깨를 으쓱거렸다.

"후후! 나에겐 그 초식만으로도 충분합니다."

"정말?"

"그거야 두고 보면 알겠죠."

기무결의 호언장담에 화은설은 긴가민가했다.

상식적으로 초식만 익혀서는 실전에서 별로 소용이 없지만, 기무결은 예전부터 불가능한 일은 아예 입에 언급조차 하지 않는 성격이었다. 문득 한 가닥 의혹이 들긴 했지만, 더 이상 깊게 생각하지 않았다.

'하긴, 처음부터 나보다 무공은 강했지.'

하지만 그녀가 열 번째 주자였기 때문에 더 이상 다른 사람으로 바꿀 수도 없었다.

"그거야 크게 문제될 것도 없지요."

기무결이 빙그레 웃으며 남궁유강을 쳐다보았다.

"화 소저 대신 소생이 그대를 상대하고 싶은데, 그대에게 그럴 용기가 있는지 모르겠구려."

눈에 뻔히 보이는 격장지계였다.

당연히 이런 것에 흔들릴 남궁유강이 아니었지만, 그는 지금 자존심이 크게 상한 상태였다.

그도 귀가 있는 이상 기무결이 초식만 배운 무공으로 자신을 상대하려 한다는 것을 들었던 것이다.

"내가 정말 얕보인 모양이군. 이보시오, 형장! 지금 초식만 배운 무공으로 나와 싸우겠단 것이 진심으로 하는 말이오?"

"왜, 믿기지 않소?"

"어이가 없군! 목숨은 저마다 소중한 것인데, 다시 한 번 생각해 보시오."

"굳이 생각할 필요가 있겠소? 내가 초식만 사용해야 그나마 그대에게 기회가 생길 테니 말이오."

"으으, 미친놈! 정 죽는 것이 소원이라면 일검에 죽여주마!"

남궁유강의 준수한 얼굴이 잔뜩 일그러지고 말았다.

인내심이 한계에 도달하다 못해 폭발하고 만 것이다. 그리고 그것으로 기무결이 열한 번째 주자가 되었다.

四

'너무 광오한 말이다.'

양철기는 눈살을 찌푸렸다.

어지간하면 자신들을 돕기 위해 나선 사람에게 이런 생각을 품지 않는다.

하지만, 이건 자신이 봐도 너무 심했다.

지금은 사면초가의 상황이었다. 굳이 상대의 마음을 격동시켜 분노를 자아낼 필요가 없었다. 오히려 상황만 더 악화시킬 뿐이었다.

사실 전략도 어설펐다. 아무래도 격장지계를 사용한 것 같지만, 상대도 상대 나름이었다. 십준칠화는 말 한마디에 쉽게 흥분하는 철부지 애송이들이 아니었다. 더구나 남궁유강은 십준칠화 중에서도 가장 냉철한 성격의 소유자인 것이다.

과연 남궁유강의 눈빛은 차갑게 가라앉은 반면 그의 검끝에서는 몇 가닥의 새하얀 기류가 흘러나오고 있었다.

양철기는 속으로 깜짝 놀랐다.

'저, 저건 검기가 아닌가?'

몸속의 기를 검을 통해 밖으로 발출하는 것을 검기라 한다.

여기서 한 단계 더 진화하면 검강이 되는 것이다.

아무튼, 검기는 적어도 일 갑자의 공력이 있어야만 가능한 일이었고, 검영보다 한 단계 높은 차원의 무공이라 할 수 있었다. 남궁유강의 나이가 이제 이십 대 중반임을 감안하면 엄청난 능력이 아닐 수 없었다.

'십준칠화가 후기지수들의 수준을 벗어났다고 하더니 과연 검기를 발출하는 경지까지 이르렀구나!'

왠지 이번 일전은 삼 초를 버티지 못하고 기무결이 피를 토하고 쓰러질 것 같았다.

그렇게 되면 신창양가장의 운명도 끝장이었다.

초식만 익힌 무공이라니.

검기 앞에서 터무니 없는 소리였다.

그때, 남궁유강이 검을 빙글빙글 돌려가며 기무결을 향해 다가갔다.

남궁세가에서 자랑하는 검법 중 하나인 천풍검법이었다.

천풍검법은 풍차처럼 검을 빙글 돌리며 상대를 압박하는 것이 특징인데, 원숙한 경지에 이르면 두 팔로 검을 잡고 휘두르는 것처럼 보인다고 한다.

한데, 지금 남궁유강이 양손에 검을 잡고 빙글빙글 돌리는 것 같았다.

웅웅!

당장에라도 벌 떼가 달려들 것 같은 소리가 들리며 대기 중에서 엄청난 공기의 파장이 일어났다. 그 공기의 파장들은 검을 따라 빙글빙글 움직이더니 종내에는 하나의 장막이 생겨났다. 그리고 오래지 않아 남궁유강의 모습은 사라지고 새하얀 장막만이 보일 뿐이었다.

'으음.'

양철기의 안색이 무겁게 가라앉았다.

자신이 싸우는 것도 아닌데도 괜히 등 뒤에서 식은땀이 주르륵 흘러내렸다.

천풍검법은 공수가 완벽한 검법이었다. 새하얀 장막은 검기로 만들어진 것이라 어지간한 것들은 살짝 닿기만 해도 부러지고 잘려져 버릴 것이었다. 당연히 손과 발을 사용하는 박투술인 경우는 최악의 무공을 만난 셈이었다.

그렇다고 장막에만 신경 쓴다고 해결될 일이 아니었다.

천풍검법은 빙글빙글 돌며 장막을 만들다가도 상대의 약점을 발견하면 최대한 빠르게 직선으로 쏘아져 나가 도저히 방비할 수 없게 만드는 무서운 검법이었다.

'일단 뒤로 피해야 한다.'

양철기가 속으로 부르짖었다.

그것만이 그나마 삼 초라도 버틸 수 있는 비결이 될 것이었다.

한데 기무결은 뒤로 물러서기는커녕 오히려 앞으로 두어

걸음 움직이더니 새하얀 장막 사이로 팔을 쭉 뻗어가는 것이 아닌가?

그것도 화씨세가의 박투술 중에서 가장 기본적인 수법이라 할 수 있는 횡수단악이라는 것이었다.

양철기는 물론이고 화은설마저 대경실색했다.

"미, 미쳤어."

그들은 차마 눈을 뜨고 지켜볼 수가 없었다. 검기 사이로 팔을 집어넣는 건 자살행위나 마찬가지였던 것이다.

하지만 그들이 어찌 알겠는가?

지금 기무결의 눈에는 남궁유강의 움직임이 모두 보이고 있었다.

천풍검법이 공수가 완벽한 검법이라 해도 좌우로 교차하며 장막을 만들 때 아주 미세하게 빈틈이 생겼다. 특히, 검의 방향이 몸의 한가운데 올 때 빈틈의 구멍이 가장 컸다. 그도 그럴 것이 여기가 바로 좌와 우가 교차하다 만나는 지점이기 때문이었다.

기무결이 내뻗은 팔의 방향은 바로 남궁유강의 가슴 부근이었다.

남궁유강은 단 일 초 만에 자세가 와르르 무너지고 검초가 산산조각 나듯 깨지는 것을 느끼고 비명을 질렀다.

"억?"

귀신을 만나도 이렇게까지 놀랍지는 않을 것이었다.

그가 황급히 초식을 변화시키려고 할 때는 이미 기무결의 손이 새하얀 장막을 뚫고 그의 목덜미를 움켜잡은 뒤였다.

"컥!"

남궁유강이 기무결의 손에 매달려 허공에서 캑캑거렸다.

그는 도무지 눈앞에 벌어진 일을 믿지 못하겠다는 표정으로 기무결을 쳐다보고 있었다.

굴욕도 이런 굴욕이 없었다.

차라리 악몽이었으면 더할 나위 없을 것 같았다.

십준칠화는 어딜 가든 수많은 청년 기협에게 선망의 대상이 되었었다. 그랬던 그들이 언제 이런 경우를 당한 적이 있던가? 남궁유강은 기무결의 손에서 벗어나려 했지만, 만근 거석에라도 눌린 듯 꼼짝할 수조차 없었다.

"이제 패배를 인정하시오?"

五

너무 놀라면 말이 나오지 않는 법.

지금 사람들의 반응이 그랬다.

장내는 약속이나 한듯 정적에 휩싸이고 말았다.

그야말로 충격과 경악이 아닐 수 없었다.

하긴, 누군들 지금 상황을 믿으려 하겠는가?

어떤 사람은 몇 번이나 눈을 비볐고, 어떤 사람은 볼을 꼬집기도 했지만 이는 엄연한 현실이었다.

남궁유강은 처음부터 천풍검법을 전력을 다해서 펼쳐 냈으니 방심해서 졌다는 변명도 통하지 않았다.

화은설의 놀라움은 더욱 컸다. 평범한 횡수단악으로 천풍검법을 일 초 만에 깰 수 있으리란 생각은 단 한 번도 해본 적이 없었다. 똑같은 초식인데도 기무결이 사용하니 천하제일의 절기를 보는 듯했다.

양철기는 당황한 나머지 입을 쩍 벌린 탓에 침이 흘러내렸지만, 지금 그런 건 그리 중요한 게 아니었다.

그는 기무결이 삼 초도 버티지 못하고 남궁유강에게 패할 줄 알았는데, 오히려 남궁유강이 일 초도 버티지 못하고 패했으니 그 놀라움은 이루 말할 수 없을 정도였다.

'도, 도대체 이건…….'

그때, 누군가 소리를 지르며 기무결을 향해 달려들었다.

"당장 그 손을 놓지 못하겠느냐?"

그야말로 질풍노도와 같은 기세였다.

단지 백광이 번쩍한다고 느낀 순간 수십 가닥의 검풍이 기무결의 전신을 덮쳐 오고 있었다.

이는 단 일 초에 사십팔식의 변화를 일으키는 것으로 그 유명한 창궁무애검법이라는 것이었다. 초식의 변화가 워낙 현란하고 복잡해서 한 번에 펼쳐 내는 건 거의 불가능한 일이었다.

하지만 일단 한 번 펼쳐 낼 수만 있다면 가히 무적에 가까운 검법이 바로 창궁무애검법이라 할 수 있었다.

기무결을 향해 덮쳐 오는 검풍은 정확히 사십팔 개였다.

그렇다는 건 창궁무애검법을 완벽하게 수련했다는 소리.

여기저기서 탄성이 터져 나왔다.

창궁무애검법을 직접 두 눈으로 견식하는 것도 놀라운 일이지만, 검을 휘두르며 기무결에게 달려든 사람이 이제 겨우 이십 대 후반의 나이였기 때문이었다.

"과연 남궁세가의 저력은 무서울 정도로구나!"

여기저기서 탄성이 터져 나왔다.

청년은 십준칠화의 첫째인 남궁유심이었다.

남궁세가의 명성이 수백 년을 이어오고 있었지만, 창궁무애검법을 이십 대 나이에 완벽하게 수련한 사람은 아마 남궁유심이 처음일 것이었다. 그만큼 남궁유심의 자질은 남다른 것이었고, 오늘의 십준칠화가 있기까지 남궁유심의 역할이 결정적으로 작용한 것은 천하가 아는 일이었다. 그만큼 그는 동생들과는 차원이 다른 고수였다.

그런 그가 직접 나섰으니 상황이 급변한 것은 당연지사.

양철기는 이번에는 정말 기무결이 고전할 수 있다고 생각했다.

특히, 한 손에 멱살을 잡고 있는 남궁유강을 내려놓지 않으면 크게 낭패를 당할 수 있을 것 같았다.

하지만 기무결은 가볍게 코웃음 쳤다.

"흥, 남궁세가는 하나같이 이렇게 쥐새끼 같은 것인가?"

그는 여전히 한쪽 손으로 남궁유강의 멱살을 움켜쥔 상태였다. 당연히 정상적이라면 남궁유강의 멱살을 놓고 몸을 피하는 것이 상책이었다.

하나 기무결은 분심쌍격을 익히지 않았던가?

그는 남궁유강의 멱살을 움켜쥔 손은 가만히 놔둔 채 왼손만 휘둘러 사십팔 개의 검풍을 모조리 분쇄해 갔다. 그의 손이 육안으로 확인이 되지 않을 정도로 빠르게 움직였다.

확실히 창궁무애검법의 사십팔식의 변화는 놀라운 것이었다. 하지만 변화에 초점을 둔 나머지 힘이 약하다는 것이 문제였다.

쾅! 콰르릉!

폭죽이 터지듯 허공에서 연이어 폭음이 터져 나왔다.

그와 동시에 기무결을 덮쳐 가던 검풍이 하나둘 사라지더니 종국에는 한 자루의 검만이 남았다. 그 검끝은 기무결의 얼굴을 노리며 쇄도하고 있었다. 그걸 피하는 건 더 이상 어려운 일이 아니었다. 기무결이 고개만 살짝 틀어 그의 검을 피한 다음 왼손을 쭉 뻗어갔다. 바로 남궁유심의 목덜미였던 것이다.

"마, 말도 안 돼!"

남궁유심이 불신 어린 표정으로 두 눈을 크게 치떴다.

그야말로 도깨비를 보는 듯했다.

자신의 창궁무애검법은 완벽했다. 어디 하나 흠잡을 곳이 없다고 생각했고, 사십팔식의 변화 역시 한 치의 실수 없이 완벽하게 이루어진 것이다. 그의 자부심은 실로 대단해서 천하에서 창궁무애검법을 막을 수 있는 자는 그리 많지 않다고 생각했다.

고작 정천구룡 정도?

한데, 그 사십팔식의 변화를 겨우 왼손만으로 분쇄할 수 있다니 듣도 보도 못한 일이었다.

"차앗!"

남궁유심이 헛바람을 토해내고 황급히 뒤로 피하려고 했다.

하지만 기무결은 이미 그럴 줄 알았다는 듯 빠르게 쇄도하며 남궁유심의 안으로 파고들었다.

빨라도 너무 빨랐다. 이건 도저히 한 손에 남궁유강의 멱살을 잡고 있는 사람의 움직임이 아니었다. 남궁유심의 두 눈이 크게 치떠지는 순간 어느새 그의 목덜미가 기무결의 손에 잡히고 말았다.

"컥!"

이럴 수는 없었다.

창궁무애검법을 완벽하게 펼치고도 상대의 손에서 삼 초를 벗어나지 못하다니.

남궁유심은 물론이고 천하에 그 누구도 생각할 수 없는 일이 벌어진 것이다.

더구나 기무결은 한 손만 사용했고, 그나마도 남궁유강을 인질로 삼고 있었기 때문에 그 비참함은 이루 말로 표현할 수 없었다.

화은설은 온몸에 전율이 이는 것 같았다.

기무결이 사용한 무공은 모두 화씨세가의 박투술이었다.

그것들이 이런 위력을 낼 수 있다니 왠지 두 눈에서 눈물이 흐르는 것을 참을 수가 없었다.

그것이 시작이었다.

모래알처럼 많은 고수와 기라성 같은 기인이사들이 존재하는 강호 무림.

수많은 신화와 전설을 만들어가며 강호 무림을 평정한 사내의 이야기는 그렇게 시작되고 있었다.

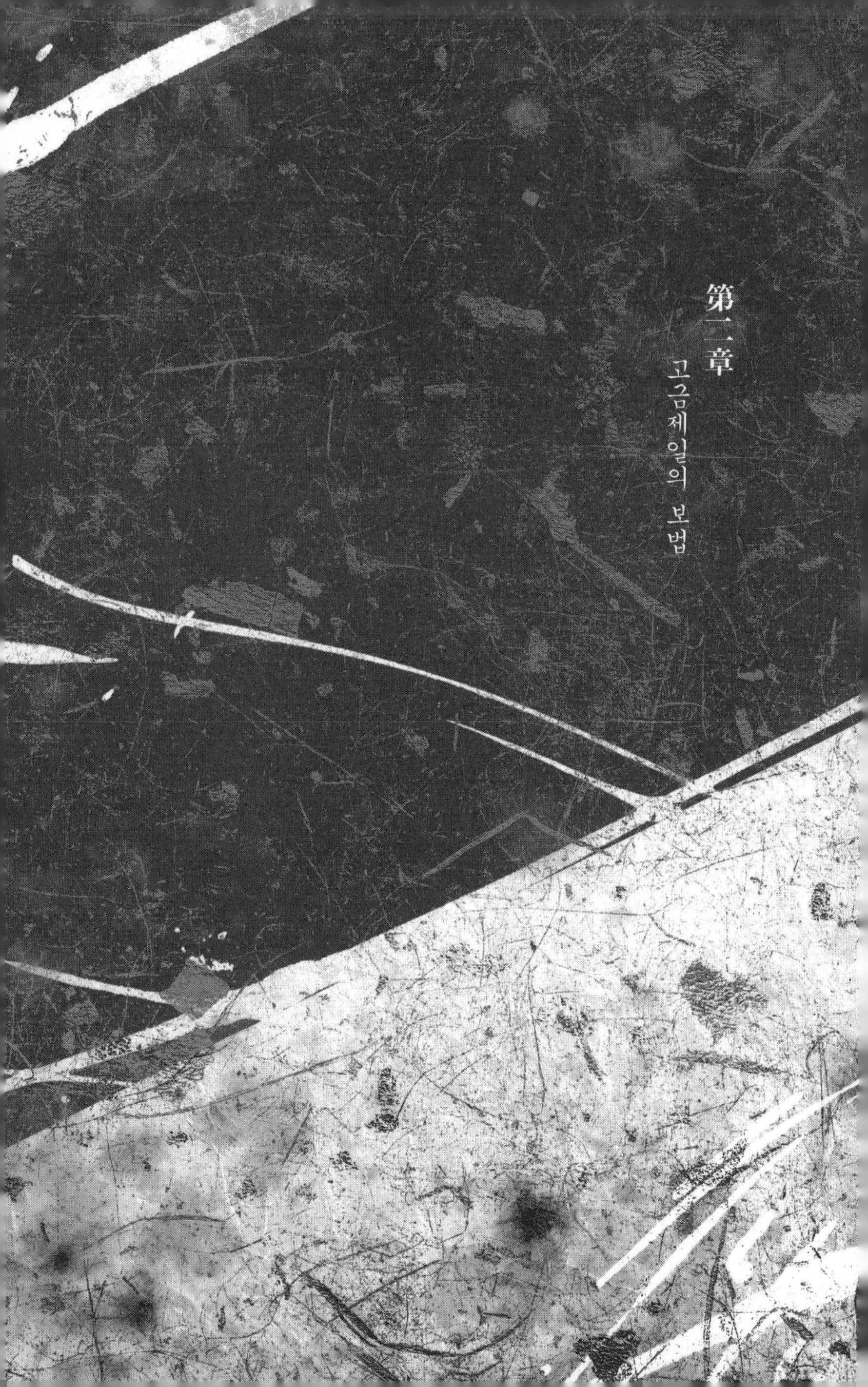

第二章

고금제일의 보법

一

장내는 조용하게 변했다.

누구 하나 입을 열어 말하는 사람이 없었다.

기무결은 내리 두 판을 이겼고, 화은설이 이긴 것까지 합치면 어느새 열 번의 비무 중 세 번을 이긴 셈이었다.

이젠 누구도 이 불가능할 것 같던 비무를 비웃는 사람이 없었다.

십준칠화의 명성은 그렇게 무너졌고, 남궁세가의 자존심은 땅속 깊이 곤두박질치고 말았다.

무엇보다 이미 무너진 화씨세가의 무공으로 가공할 위력을 만들어낸 기무결의 능력은 보는 사람의 입을 떡 벌어지게 만들고도 남음이 있었다.

'맙소사!'

'초식만 배운 자의 솜씨가 저 정도란 말인가?'

그래서 더 무서운 일이었다. 두 눈으로 직접 보지 않았다면 절대 믿지 않았을 것이었다.

그때, 기무결이 서문세가의 진영을 쳐다보았다. 그의 시선이 닿은 곳은 바로 다섯 명의 불패신성이었다.

"그대들은 어떻게 하겠소?"

난데없는 소리에 불패신성이 고개를 갸웃거렸다.

"가, 갑자기 그게 무슨 소리요?"

"그대들은 객잔에서 화 소저에게 경고하지 않았소?"

흠칫!

불패신성의 안색이 확 변했다.

그들은 분명 객잔에서 화은설에게 협박성 말을 내뱉은 적이 있었다. 화은설에게 무림맹으로 돌아가지 않고 신창양가장을 도와준다면 전 무림맹주의 딸이라 해도 결코 가만두지 않을 것이라고 했던 것이다.

한데 화은설이 결국 신창양가장을 돕기 위해 비무에까지 참가했으니 지금 이곳에서 그 말을 책임지라는 뜻이었다.

주르륵!

다섯 명의 불패신성은 약속이나 한 듯 식은땀을 흘렸다.

그들이 객잔에서 화은설에게 협박을 할 때만 해도 거칠 것

없던 모습은 더 이상 찾아볼 수 없었다.

그때와는 상황이 백팔십도 달라진 것이다.

화씨세가는 더 이상 천하에 비웃음을 사고 몰락한 가문이 아니었다.

오히려 기무결은 평범한 화씨세가의 박투술로 남궁세가의 천풍검법과 창궁무애검법을 연거푸 격파하지 않았던가?

한때 천하제일의 세가로 명성을 떨치던 화씨세가의 완벽한 재림이라 해도 과언이 아니었다.

그래서였다.

지금 그들이 나서면 십중팔구 질 것이 뻔했다.

그들은 그렇다고 약한 모습을 보이고 싶지는 않았다.

이건 세가의 명예가 걸려 있는 일이었다. 여기서 나약한 모습을 보이면 서문세가의 명예는 땅에 떨어져 회복하기 어려울 것이었다.

"그 일을 매듭짓고 싶다면 시간과 장소를 따로 정해서 해결합시다."

강호에서는 이렇게 시간과 장소를 따로 정해 은원을 해결하는 일이 종종 있었다.

하지만 지금 이건 누가 봐도 당장의 어려움을 피하기 위해 제안한 느낌이 역력했다.

기무결이 차갑게 코웃음 쳤다.

"의외로군. 객잔에서 당당하게 호언장담을 하기에 지금 매듭을 짓자고 하면 누구보다 좋아할 줄 알았소."

불패신성들의 얼굴이 수치심으로 벌게졌다.

욕을 하는 것보다 몇 배는 더 모욕적인 언사였다.

하지만 그들은 기무결의 말에 아무런 반박도 할 수 없다는 사실이 더 창피했다.

그때, 서문백강이 나섰다.

"그 일은 노부가 저 아이들 대신 해결하고 싶은데 노부에게 그런 행운을 주겠는가?"

늙은 생강이 맵다고 했던가?

그는 모든 은원을 이번 비무로 끝내자고 제안했던 것이다.

물론 상대편 비무 상대를 기무결이 정할 수는 없는 노릇이었다.

"좋습니다."

기무결 역시 즉시 고개를 끄덕였다.

二

"노부는 서문백강이라 하네."

그가 간단하게 자신을 소개했다.

"소생은 기무결이라 합니다."

기무결은 가볍게 서문백강의 눈빛을 받았다.

그들은 서로의 눈빛을 마주 보고 있을 뿐이었지만, 사실은 이미 싸움은 시작된 셈이었다.

허공에서 두 사람의 눈빛이 뒤엉켜 격렬한 뇌전을 쏟아내고 있었다.

고수들은 왕왕 눈빛만으로도 상대를 제압할 수 있는데, 지금 서문백강이 그랬다. 일각에서는 이런 경지를 의형상인이라고 하는데, 이는 능히 백이십 년 이상의 공력이 있어야만 가능한 일이었다. 한데 정상적이라면 기무결은 심지가 제압되거나 눈이 터져야 하는데, 전혀 고통스러워하는 기색을 찾아볼 수 없었다.

'으음. 어린 녀석의 공력이 이 정도일 줄이야…….'

그건 하나의 충격이었다.

기무결의 나이에 그와 필적할 만한 공력을 가지고 있다는 건 상상하기 어려운 일이었다. 특히 어려서부터 무공에 미쳐 살아온 서문백강에게는 두말할 나위도 없었다.

하지만 그래서 더 호승심이 일었다.

기무결이 엄청난 무위로 연거푸 십준칠화를 격파했다고는 하나 그 역시 아직 검으로 누구에게 져본 일이 없었다.

스르릉!

서문백강이 검을 뽑아 들었다.

그의 검신은 특이하게도 푸른빛이 감도는 청강검이었다.

기무결은 한눈에 봐도 그것이 절세보검이라는 것을 직감할 수 있었다.

고수에게 절세보검은 호랑이 등에 날개를 달아주는 격이었다. 보검 자체에서 날카로운 기세가 뻗어 나오는데다 여기에 공력을 주입하면 그 위력이 몇 배나 높아지기 때문이었다.

서문백강의 청강검은 바닷속의 만년한철이라 불리는 해초석으로 만든 것으로 무림십대보검 중 하나였다. 그 기세가 어찌나 날카롭고 무서운지 무공을 모르는 어린아이가 휘둘러도 천하에 자르지 못하는 것이 없다고 알려져 있었다.

서문백강은 목숨이 달린 일이 아니면 절대 청강검을 뽑아 들지 않았다. 그에겐 평상시 사용하는 검이 따로 있었던 것이다. 지금까지 그는 청강검을 딱 세 번을 사용했는데, 세 번 모두 그보다 무공이 높은 사람들이었고 절대 이길 수 없는 상대들이었다.

하지만 청강검을 뽑아 든 순간부터 기세가 역전되어 단숨에 상대를 죽일 수 있었다.

서문백강은 오늘 네 번째로 청강검을 뽑아 든 것이다.

"이 청강검은 꽤나 날카롭네."

"확실히 좋은 검이로군요. 만약 소생이 요행히 이긴다면 서문세가는 이대로 물러나 주시기 바랍니다. 신창양가장은 누군가의 농간으로 곤경에 빠진 것뿐입니다."

"그건 노부 혼자 결정할 수 있는 문제가 아닐세."

"그럼 소생도 화씨세가를 무시한 귀 파의 소손들을 용서할 수가 없습니다."

"으음."

서문백강의 얼굴이 살짝 일그러졌다.

기무결은 화씨세가의 이름으로 대놓고 서문세가를 협박한 셈이었다.

예전이었다면 결코 있을 수 없는 일이었지만, 지금 누가 기무결을 무시할 수 있겠는가?

양철기는 입을 떡 벌렸고, 화은설은 두 눈을 크게 치떴다. 하지만 이제 더 이상 기무결이 광오하다고 생각하는 사람은 아무도 없었다.

"훙, 배짱 하나는 대단하구나! 하지만 노부가 그리되도록 가만히 지켜보고만 있을 것 같으냐?"

먼저 공격한 사람은 서문백강이었다.

서문백강은 그 흔한 선배의 예라 할 수 있는 삼 초식의 양보 따위는 하지 않았다.

그것은 그만큼 처음부터 가진 바 자신의 재주를 모두 쏟아붓지 않고는 기무결을 이기기 힘들다는 것을 알고 있었기 때문이었다.

더구나 이번 일전에 서문세가의 명예가 걸려 있었다. 혹시라도 여기서 지면 자신은 물론이고 서문세가의 명예 역시 바닥에 떨어질 것은 불을 보듯 뻔했다.

쇄애액!

세찬 바람을 가르며 푸른빛의 검기가 기무결의 온몸을 두 동강 낼 기세로 날아들었다.

대단한 검세였다. 주변의 공기가 마구 요동치는 가운데 청강검은 기무결도 맨손으로 받기 곤란할 정도로 무시무시한 내력을 담고 있었다.

기무결은 눈살을 찌푸렸다.

이래서는 서문백강의 근처로 접근하는 것이 쉽지 않았다.

하지만 거리를 좁히지 못하면 화씨세가의 박투술은 무용지물로 변할 것이었다.

三

기무결은 즉시 분심쌍격으로 맞서갔다.

그는 먼저 오른손으로 건곤일섬의 수법으로 허공에 장영을 그렸다.

순식간에 수십 개의 장영이 허공에 그려졌다.

서문백강은 처음엔 기무결이 수비는 포기하고 공격을 해오는 줄 알았다. 그도 그럴 것이 건곤일섬의 기세가 결코 자신의 검세를 막는 것이 아니었기 때문이었다.

하나 그건 착각이었다.

화씨세가의 박투술은 하나같이 허허실실을 기반으로 하고 있기 때문에 공격을 하는 것 같아 보이지만, 사실은 수비를 하기 위한 속임수에 지나지 않았다.

"이, 이런……!"

서문백강이 소스라치게 놀랐다.

그의 검세가 건곤일섬의 수법에 모조리 봉쇄당했던 것이다. 그와 동시에 어느 틈엔가 기무결의 왼손이 수평을 그리며 자신의 옆구리로 파고 들어오는 것이 아닌가?

서문백강은 꿈에도 생각하지 못했던 일이었다.

분심쌍격의 위력은 실로 대단했다. 허허실실의 화씨세가의 박투술과 만나 그 위력이 더 증폭된 것이다.

하지만 서문백강의 무공도 결코 평범한 수준이 아니었다.

그는 다급한 중에도 재빨리 자세를 바꾸어 뻗어가던 청강검을 자신의 몸으로 끌어당겼다.

검을 휘둘러 가는 동작도 빨랐지만, 공력을 회수하는 동작은 더욱 빨랐다.

쏴아아아!

폭포수가 떨어지는 소리가 이럴까?

서문백강의 청강검이 무시무시한 원을 그리며 자신의 옆구리로 파고들던 기무결의 손을 막아갔다. 이는 서문세가가 자랑하는 검법인 사자항마검법 중 일검중천의 수법이었다. 서문백강의 공력이 워낙 초절하다 보니 일검중천의 수법이 더욱 환상적으로 펼쳐졌다.

기무결은 조금만 더 왼손을 뻗으면 서문백강의 옆구리에 구멍을 낼 수 있을 것 같았다.

하나 그렇게 되면 자신의 왼손도 청강검에 잘려지고 말 것이었다. 하는 수 없이 기무결은 바닥을 박차고 뒤로 물러섰다.

확실히 청강검에서 나오는 검기는 무시무시한 위력이 담겨 있었다. 지금 기무결의 몸은 천지기하천하무적공으로 증폭된 천무은형잠종대법의 공력이 호신강기 역할을 하며 보호하고 있었지만, 청강검의 검세에는 무용지물로 변하고 말았다.

"으으, 이게 화씨세가의 무공이라고?"

서문백강이 추궁하는 눈빛으로 기무결을 노려보았다.

화씨세가의 무공 중에 어디에도 양손으로 각기 다른 무공을 펼칠 수 있다는 말은 들은 기억이 없었다. 더구나 기무결의 자세를 보면 왠지 모르게 철산호의 분심쌍격과 닮아 있었다.

"소생이 각고의 노력으로 양손으로 각기 다른 초식을 전개할 수 있게 되었는데, 무엇이 문제인지 모르겠군요."

기무결이 시치미를 뚝 뗐다.

사실 그는 화은설에게 화씨세가 박투술의 정수를 전수받지 못한 상태였다. 그에 반해 서문백강은 무림십대보검인 청강검으로 자신의 능력을 십분 활용하고 있었다.

기무결이 천무은형잠종대법의 살인기예를 사용하면 좀 더 편해질 수 있겠지만, 지금은 오직 화씨세가의 무공을 펼칠 수밖에 없는 상황이었다. 이는 마치 초절정고수와 싸우면서 한 쪽 팔을 사용하지 않는 것과 마찬가지였다.

화은설도 아까부터 기무결이 분심쌍격을 펼치는 모습을 보며 고개를 갸웃거렸다.

그건 확실히 화씨세가의 무공이 아니었다.

하지만 기무결이 아직 화씨세가의 무공의 정수를 익히지 못한 것을 깨닫고는 즉시 기무결의 말에 맞장구를 쳐주었다.

"역시 너는 무공의 천재야. 그동안 그렇게 노력을 하더니 결국 양손으로 각기 다른 절기를 펼치는 법을 알아냈구나?"

서문백강은 여전히 의혹이 남아 있었지만, 계속 따져 물을 수가 없었다.

"오냐, 좋다. 네놈이 펼치는 것이 무엇이든 결국엔 서문세가의 무공이 더 대단하다는 것을 증명해 주마!"

삭삭!

청강검에서 가공할 검기가 연거푸 쏟아져 나왔다.

푸른빛의 검기가 지나가는 곳은 무엇이 되었든 잘리고 부서졌다. 대청을 지탱하던 열두 개의 기둥 중 세 개가 잘려졌고, 사방의 벽들이 온통 벌집을 쑤신 듯 난도질되어 버렸다.

주변에서 비무를 지켜보던 사람들은 화들짝 놀라 이 장 뒤로 피했다. 한데도 사람들은 온몸에 은은한 통증을 느꼈다. 그만큼 청강검의 위력은 가공무쌍 그 자체였다.

기무결은 쉽사리 접근하지 못하고 있었다.

하나 서문백강 역시 허허실실의 화씨세가의 무공과 분심쌍격에 막혀 이렇다 할 주도권을 갖지 못하고 있었다.

그것이 서문백강을 점점 초조하게 만들었다.

청강검을 사용한 이래 지금처럼 고전한 적은 처음이었다.

'으음, 결국 이 어린놈이 최후의 비전을 사용하게 만드는구나!'

서문백강에게는 아무도 모르는 가공할 절초 하나가 있었다.

이는 그가 무공에 미쳐 서문세가의 무공을 연구하다 몇 년 전에 겨우 깨달은 것으로 서문세가의 모든 정화가 담겨 있다고 해도 과언이 아니었다. 이 절초에 대한 자부심은 실로 남다른 것으로 무림의 태산북두라는 소림사나 무당파, 그리고 당금 무림을 지배하는 무림맹이나 마황성의 그 어떤 무공과도 견줄 수 있었다.

서문백강이 망설임 없이 청강검의 기세를 바꾸었다.

피류류륭!

그건 수십 수백 개의 화살이 시위를 떠나 날아갈 때 나는 소리와 비슷했다.

과연 서문백강의 청강검이 환영처럼 변하더니 수십 수백 개의 그림자를 만들어내는 것이 아닌가?

실로 두 눈으로 보고도 믿기 어려운 광경이었다.

이것이 바로 서문백강이 최근에 심득한 유성낙월검식이란

절초였다. 마치 하늘에서 수백 개의 유성이 떨어지듯 한번 펼쳐지면 누구도 막을 수 없는 절대의 수법이었다.

四

그건 일대 장관이라 할 수 있었다.

마치 폭죽놀이를 하듯 수백 개의 검영이 떨어져 내리는 모습은 화려하다 못해 장엄하게 느껴질 정도였다.

이를 지켜보던 사람들의 눈에는 놀라움과 경악의 빛이 가득했다.

'세상에… 저런 검초가 있다니.'

'으음, 교활한 늙은이! 저토록 엄청난 절기를 지금까지 숨기고 있었다니. 그 저의가 의심스럽구나!'

남궁세가와 신도세가는 속으로 욕을 해댔다.

유성낙월검식은 사전에 알고 있었다 해도 막기 어려울 만큼 엄청난 위력을 뿜어내고 있었다. 하물며 아무런 사전 정보 없이 접했다면 십중팔구 피를 토하고 죽었을 것이었다. 당연히 서문백강이 유성낙월검식을 철저히 숨겨온 저의가 의심스러웠다.

지금은 삼대세가가 손을 잡고 신창양가장을 상대하고 있지만, 오늘의 친구가 내일의 적이 되는 곳이 무림이란 세계였다.

그렇다면 서문세가와 언제 틀어질지 모를 일.

당연히 서문세가의 무공이 갑자기 강해지는 건 그 누구도 바라는 일이 아니었다.

유성낙월검식은 단 일 초에 불과했지만, 수백 개의 방위를 모조리 점하는 것이 특징이었다.

도저히 한 사람이 단 일검에 펼칠 수 있는 수준의 검식이 아니었던 것이다. 한 사람의 힘으로 막는 건 거의 불가능한 일이었고, 몇 사람이 힘을 합쳐야 겨우 막을 수 있을 것 같았다.

놀라기는 기무결 역시 마찬가지였다.

자신의 머리 위로 촘촘하게 만들어진 그물망이 떨어져 내리는 것 같았다.

그야말로 모든 방위가 차단당해 옴짝달싹할 수 없었다. 그와 동시에 온몸이 수백 개의 바늘로 콕콕 찔리듯 고통이 몰려왔다.

화씨세가의 박투술로는 도저히 막을 수도 없거니와 피할 방법도 없었다.

천무은형잠종대법의 살인기예를 사용하면 활로를 열 수 있을 것 같았다.

하지만 그렇게 되면 화씨세가의 무공만 사용하겠다는 약속을 어기는 꼴이 되거니와 혹시라도 좌중에 천무은형잠종대법을 알아보는 사람이 있을지도 몰랐다.

그때, 문득 기무결의 머릿속에 철상자에 그려져 있던 도형들이 떠올랐다. 왜 갑자기 철상자의 도형들이 떠올랐는지 그 자신도 이해할 수 없었다.

한데, 바로 그때 놀라운 일이 일어났다.

기무결이 도형을 떠올리는 순간 몸속의 기혈이 마구 요동을 치는 것이 아닌가?

그가 깜짝 놀라는 순간 그의 다리가 도형의 모습을 그대로 따라 움직이기 시작했다.

순간 말도 안 되는 일이 벌어졌다.

기무결의 신형이 술에 취한 사람처럼 이리 비틀 저리 비틀대듯 움직이며 수백 개의 검영 사이를 유유히 빠져나간 것이다.

사람들은 두 눈으로 보고도 믿을 수 없는 광경이었다.

양철기가 보기에는 너풀너풀 한 마리 나비가 춤을 추는 것 같았고, 화은설의 눈에는 홍에 겨운 유생이 술에 취해 한가로이 춤을 추는 것 같았다.

서문백강은 망연한 표정으로 기무결을 쳐다보았다.

비록 그가 평생을 두고 창안한 무공이었지만, 서문세가의 정화가 담겨 있는 검식이었다.

더구나 기회도 완벽하지 않았던가?

한데 그것이 너무도 허무하게 무너져 버리자 마음이 허탈해지고 말았다.

천하에 이토록 신묘하고 표홀한 보법이 있을 줄은 짐작도 못한 일이었다. 이리저리 비틀대는 모습이 그렇게 무질서할 수가 없었지만, 그 안에 엄청난 현기가 숨어 있었다. 오죽하면 촘촘하게 만들어진 그물망 같던 그의 유성낙월검식 사이를 유유히 빠져나가겠는가?

"흐음. 노부가 졌네."

서문백강은 더 이상 싸우려 하지 않았다.

아니, 의욕조차 생기지 않는다는 표현이 더 옳을 것이다. 또다시 유성낙월검식을 펼친다고 해도 기무결의 보법을 이길 수 있을 것 같지 않았다.

하지만 가장 놀란 사람은 바로 기무결이었다.

그는 철상자에 있던 도형들이 무공초식일지도 모른다는 생각은 했지만, 고금제일의 보법이라고는 꿈에도 생각하지 못한 일이었다.

'드디어 보법까지 얻었구나!'

기무결은 천하를 얻은 기분이었다. 그야말로 천운이 닿았기에 가능한 일이었다. 아마 서문백강의 유성낙월검식이 아니었다면 영원히 고금제일의 보법을 얻지 못했을지도 몰랐다.

"양보해 주셔서 고맙습니다."

기무결이 포권을 취해 보였다.

그는 은근히 서문백강의 체면은 물론이고 서문세가의 자

존심도 세워주었다.

자존심에 죽고 자존심에 사는 것이 무림인들 아니던가?

서문백강은 담담한 표정을 짓고 있었지만, 속으로는 크게 감격했다.

"방금 그 보법도 화씨세가의 무공인가?"

"그건 아니고 소생이 방금 즉흥적으로 생각해 낸 겁니다."

기무결 자신도 이게 무슨 보법인지 몰랐다.

갑자기 생각이 떠올라서 자신도 모르게 펼친 것이니 임기응변에 가까운 것은 맞는 얘기였다.

"허헛! 즉흥적이라……."

서문백강의 담담한 눈빛에 파랑이 일었다.

무공은 일조일석에 얻어지는 것이 아니었다. 그 예로 서문백강 자신만 해도 평생을 연구하고 고민한 끝에 겨우 얻은 심득이 바로 유성낙월검식이었던 것이다.

천하에는 고수가 수없이 많고, 기인이사도 모래알처럼 많다지만 즉흥적으로 무공을 만들어내는 사람은 드물다. 더구나 그 무공이 절세적인 위력을 담고 있다면 이는 정말 말도 안 되는 터무니없는 소리였다.

하지만 술에 취한 사람처럼 비틀대는 모습이 일반적인 보법과는 거리가 있었다. 어쩌면 정말로 즉흥적으로 생각해 낸 것인지도 몰랐다.

그렇다면 정말 무서운 일이 아닐 수 없었다.

그는 더 이상 기무결을 적으로 만들고 싶지 않았다. 때마침 기무결이 정중한 모습도 보여주었으니 빠져나갈 구실 하나는 만들어진 셈이었다.

"오늘 자네의 호의는 잊지 않겠네. 이후로 서문세가는 화씨세가를 영원히 친구로 생각하겠네."

서문백강의 말은 장내의 모든 사람에게 뜻밖의 것이었다.

서문세가는 더 이상 신창양가장에 죄를 묻지 않을 것이며 그 어떤 은원관계도 없다는 것을 선포한 것이나 마찬가지였다.

五

'일이 요상하게 변해가는군.'

남궁민은 눈살을 찌푸렸다.

옛말에 다 된 밥에 코 빠뜨린다는 말이 있다.

양피지를 손에 넣기 직전에 난데없이 나타난 기무결 때문에 모든 것이 엉망으로 변하고 말았다.

십준칠화가 기무결의 손에 무너졌을 때부터 느낌이 이상하다 싶더니 서문백강의 패배는 그야말로 결정적이라 할 수 있었다.

삼대세가에는 아직 여섯 번의 기회가 있었고, 그중에 한 번만 이기면 이번 비무는 그들의 승리로 끝나고 만다.

하지만 이제 누구도 선뜻 나서려 하는 사람이 없다는 것이 문제였다.

서문세가는 이미 발을 빼겠다고 사람들 앞에서 선포한 상태였고, 신도세가는 서로 눈치만 보고 있었다.

특히 신도빈의 표정이 가관이었다.

그는 신도세가의 호법 중 한 명이었고, 삼십 년 전 두 쌍의 육장으로 무창을 넘어 호북성 일대에 명성을 떨친 전대 고수였다.

한데, 그런 그가 혹시 남궁민이 자신을 지목할까 두려워 아까부터 계속 시선을 회피하고 있었다.

남궁민은 속에서 욕이 나왔지만, 그의 마음을 모르는 바도 아니었다. 지금 누구도 기무결과 비무를 해서 이길 수 있다고 자신할 수 있는 사람이 없었다.

삼대세가의 그 누구도 삼 할의 승산도 서지 않는 상황이었다. 이 비무 한 판에 평생을 쌓아 올린 명예가 떨어질 판이니 누가 선뜻 싸우려 들겠는가?

그나마 여러 사람이 합공을 하면 승산을 높일 수는 있겠지만, 그렇게 되면 애초 비무의 목적을 저버리는 행위가 되는 것이다.

하나 그렇다고 이대로 물러설 수는 없었다.

기무결이 서문백강에게 했던 말이 계속 신경 쓰였던 것이다.

'신창양가장이 누군가의 농간에 빠진 것뿐이라고?'

왠지 남궁세가를 지칭해서 한 말 같았다.

그렇지 않고서는 정확하게 농간이란 단어를 사용할 리 없었다.

이번 내막은 누구도 알아서는 안 되는 일이었다.

남궁세가의 명예가 걸려 있는데다 자칫 잘못하면 존립 자체가 어려울 수도 있었다.

남궁민은 갑자기 마음이 다급해졌지만, 겉으로는 내색하지 않고 오히려 기무결을 향해 웃어 보였다.

"무림에 자네 같은 청년 고수가 나타났으니 이는 실로 정파무림에 엄청난 홍복이 아닐 수 없네."

기무결이 빙그레 웃어 보였다.

"후후! 말씀은 고맙지만, 소생은 어려서부터 의심이 많은 편이었습니다."

"그게 무슨 말인가?"

"서로 목숨을 걸고 비무를 하는 사이에 갑작스런 호의는 충분히 의심을 할 만하다는 뜻이지요."

남궁민의 안색이 홱 변했다.

과연 그는 손에 들고 있던 부채 안에 암기를 숨겨두고 있었다. 그리고 웃는 얼굴로 기무결에게 다가가 부채 속에 숨겨둔 암기를 발출할 생각이었다.

한데 그걸 기무결이 단박에 간파한 것이다.

"닥치지 못하겠느냐? 네놈의 그 말은 나를 모욕하는 것인 동시에 남궁세가를 적으로 돌리는 것임을 명심해야 한다."

"흥!"

기무결이 차갑게 코웃음 쳤다.

다른 사람 같으면 남궁세가와 적이 된다는 말 한마디에 벌벌 떨겠지만, 기무결은 눈 하나 깜빡하지 않았다.

"그럼, 어디 한번 잘잘못을 따져 볼까요?"

기무결이 자신만만한 목소리로 입을 열기 시작했다.

"신창양가장이 마황성과 결탁했다는 증거는 크게 세 가지입니다. 첫 번째는 적들의 습격에서 신창양가장의 제자들만 무사했던 것. 두 번째는 그날 상부와 연락을 취해 이동 경로를 결정한 곳이 신창양가장이라는 점. 마지막 세 번째는 적과 내통한 흔적이 적혀 있는 전서구이지요."

처음에는 기무결이 무슨 뚱딴지같은 소리를 하는지 몰라 어리둥절한 표정을 지었다.

하지만 기무결의 말이 계속 이어질수록 남궁민의 안색은 창백하게 변하고 말았다. 기무결이 세 가지 증거를 일일이 반박했던 것이다.

"첫 번째 증거를 말하자면 만약 신창양가장이 정말로 마황성과 내통을 했다면 그런 식으로 눈에 뻔히 보이는 행동은 하지 않을 것입니다."

하긴, 일처리가 허술해서 의심받기 십상이었다.

"두 번째 증거도 마찬가지입니다. 신창양가장이 이동 경로를 정했다고는 하지만, 당시 삼대세가에서도 미리 알고 있지 않았습니까?"

기무결의 말이 끝나기 무섭게 양수란이 고개를 끄덕였다.

"확실히 기 공자님의 말씀대로예요. 우린 상부에서 이동 경로에 대한 지침이 내려오면 삼대세가와 의논을 했으니까요."

"그렇다면 두 번째 증거도 별 소용이 없겠군요."

단순히 그날 밤 경계를 선 곳이 신창양가장이라는 이유로 적과 내통을 했다는 것은 지나친 억측에 불과했다.

그때, 남궁민이 코웃음 치며 말했다.

"흥, 말은 제법 그럴듯하군. 하지만 세 번째 증거는 어찌할 테냐? 신창양가장이 적과 결탁했다는 증거가 명백히 있는데도 계속 궤변만 늘어놓을 셈이냐?"

"그럴 리가요. 세 번째 증거를 알아보는 것도 간단합니다."

"흐흐, 설마 마황성에 가서 확인이라도 할 생각인 것이냐?"

남궁민의 얼굴에는 자신감이 어려 있었다.

첫 번째 두 번째 증거는 기무결이 말한 대로였다.

사실 이것만 알아낸 것도 대단한 일이라 칭찬해 주고 싶었다.

하지만 세 번째 증거가 뒤바뀐 것은 누구도 알아낼 수 없는 일이었다. 설령 의심을 한다 해도 그것을 입증하는 건 아예 불가능한 일이었다.

그건 양철기나 화은설 역시 같은 생각이었다.

그들 역시 첫 번째나 두 번째 증거를 생각하지 않은 건 아니었다.

하나 세 번째 증거가 워낙 결정적이라서 도무지 혐의를 벗어날 수 없었을 뿐이었다.

한데, 기무결이 세 번째 증거가 뒤바뀐 걸 너무 간단하게 알아낼 수 있다고 말하니 오히려 어리둥절했다.

그때, 기무결이 남궁민을 향해 묘하게 웃는 것이 아닌가?

그것은 마치 남궁민의 마음을 꿰뚫어 보고 조롱하는 듯한 웃음이었다.

남궁민은 왠지 가슴이 철렁 내려앉았지만, 겉으로는 태연한 척 내색하지 않았다.

"그래, 얼마나 간단하게 알아볼 수 있는지 어디 한번 들어보자꾸나!"

"세상에 완전범죄는 없습니다. 증거를 완전히 인멸했다고 자부해도 아주 사소한 것에서 결정적인 증거를 남겨두게 마련이지요."

화은설이 참지 못하고 소리쳤다.

"그게 뭐야? 어디에 결정적인 증거가 있다는 거야?"

그녀의 물음은 양철기는 물론이고 양수란도 묻고 싶던 말이었다.

第三章 음모 종결

一

기무결이 어깨를 한 번 으쓱해 보이고는 천천히 입을 열었다.

"종이의 재질입니다."

"조, 종이의 재질?"

"그게 뭐야? 설마 그게 증거란 말이야?"

화은설이 실망한 표정으로 말했다. 잔뜩 기대했다가 실망만 커진 기분이었다.

사람들은 어리둥절한 표정으로 제각기 머릿속으로 기무결의 말을 되새겨 보았지만, 도무지 무슨 뜻인지 짐작조차 할 수 없었다.

기무결이 그럴 줄 알았다는 듯 빙그레 웃었다.

"후후! 잘 생각해 보십시오. 각 문파는 저마다 전서구에 사용하는 종이가 있습니다. 그렇지 않습니까, 양 장주님!"

"그, 그렇지. 각 문파는 각기 다른 재질의 종이를 사용하는… 억?"

양철기가 말을 하다 말고 두 눈을 크게 치떴다.

그제야 기무결의 말뜻을 이해한 것이다.

한지는 사용하는 용도에 따라 수십 종류로 나뉘는데, 품질도 제각각 다르다. 표면이 까칠한 것이 있는 반면 표면이 매끄럽고 고급스러운 것도 있는 것이다.

또한 지역에 따라 한지의 품질에 약간씩 차이가 난다.

그건 나무의 품질에 따라 최상품과 하품으로 나누어지기 때문이었다.

쉽게 말해서 황제에게 상소를 올릴 때 쓰는 한지와 과거시험을 볼 때의 한지가 다르고 책을 만들 때와 부채를 만들 때 사용하는 한지가 다르다는 뜻이었다.

아무튼, 비슷해 보이는 종이라도 사용하는 용도에 따라 원산지가 다르고 품질도 조금씩 다른데, 이는 무림문파들이 사용하는 전서구 역시 마찬가지였다. 심지어 무림맹에서 사용하는 전서구의 한지와 신창양가장에서 사용하는 전서구의 한지가 각기 달랐다.

"양 장주님, 당시 전서구는 가지고 있겠지요?"

"그, 그야 여부가 있겠나?"

사실은 남궁세가에서 압수하려던 것을 혹시 몰라서 내놓지 않았던 것이다.

"잘하셨습니다. 다들 전서구를 사용하고 있을 테니 한번 비교를 해보시지요. 그럼 어떤 곳이 적들과 내통을 했는지 알 수 있을 겁니다."

"아!"

사람들이 탄성과 감탄을 토해냈다.

세상에 이토록 간단하게 알아낼 수 있는 방법이 있을 줄이야.

어떤 사람은 벌린 입을 다물지 못했지만, 화은설과 영영은 이미 몇 번 경험한 것이기에 새삼스러울 것이 없었다.

양철기와 양수란의 놀라움은 이루 말할 수 없을 정도였다.

그들은 세상이 멸망하는 일이 있어도 절대 오해를 풀 수 없을 줄 알았다.

양피지 속의 그림들이 너무 허무해서 얼마나 실망을 했던가?

한데 전서구의 한지의 품질을 비교해서 누명을 벗을 수 있다니 생각만 해도 짜릿하고 흥분되는 일이 아닐 수 없었다.

"흥!"

문득 어디에선가 코웃음 치는 소리가 들려왔다.

기무결은 시선을 돌리지 않아도 그게 남궁민의 것이라는

것을 알 수 있었다.

남궁민은 지금 표정 관리가 어려울 정도로 당황했다. 수양이 깊어서 당황한 기색이 밖으로 표출되지 않았을 뿐이지 머릿속은 공황 상태였다.

나름 완전범죄라고 자부하며 이번 일에 얼마나 공을 들였던가?

그들이 신창양가장에서 고금오대정종무공으로 추정되는 양피지를 얻었다는 정보를 입수한 건 두 달 전 일이었다.

그때부터 남궁세가는 호시탐탐 신창양가장을 칠 궁리에 빠졌지만, 그러려면 대의명분이 필요했다.

하지만 아무리 생각해도 마땅한 명분이 없다는 것이 문제였다.

명문세가 사이에서는 무엇보다 대의명분이 중요했다.

더구나 자신들의 목적이 고금오대정종무공이라는 것을 세상이 몰라야 한다는 난제도 있었다.

그러니 차일피일 시간만 흘러갔고, 남궁세가는 어찌해야 할지 갈피를 못 잡고 있을 때였다.

바로 그럴 즈음 남궁세가는 우연한 기회에 범죄 자문 책사가 있다는 소문을 듣고 그를 찾아가 자문을 구했다.

그랬다.

이번 일은 순전히 남궁세가의 힘으로 이루어진 것이 아니었다.

처음부터 이번 음모는 범죄 수법을 줄줄 꿰고 있는 범죄 자문 책사의 힘이 없고서는 절대 나올 수 없는 계책이었다.

범죄 자문 책사는 의뢰인의 출신 성분을 따지지 않았다.

그는 자신의 범죄 자문으로 세상이 혼란에 빠지고 천하가 피에 잠기는 것을 원하고 있었다.

남궁세가의 기대대로 과연 그의 머릿속에서 나온 범죄 수법들은 절로 탄성이 터져 나올 정도로 놀라운 것이었다.

그건 한마디로 완전범죄와도 같았다.

우선 계획을 실행하기 위해서는 독심호리가 제격이었다.

그도 그럴 것이 그는 정파와 마도 양 진영에서 정보를 팔아먹고 사는 자이기 때문에 천하의 이목을 정보라는 쪽으로 완전히 돌릴 수가 있었다.

하나 독심호리는 워낙 의심이 많고 교활한 자이기 때문에 보통의 방법으로는 그를 끌어들이기 어려웠다.

범죄 자문 책사는 그에 대한 대비책도 마련해 놓았다.

제아무리 독심호리가 교활하고 의심이 많아도 범죄 자문 책사의 손바닥 안이었다.

—무림맹의 호북 지부에서 중요한 정보들이 빠져나가고 있다. 내부에 간세가 있는데 누구인지 알아낼 방법이 없다. 간세를 확인하려면 독심호리의 도움이 필요하다. 이번에 무림맹을 도와주면 반드시 증인보호법에 따라 새로운 신분을 주

고 새 삶을 살게 해주겠다.

독심호리에게 남궁세가의 제안은 확실히 달콤하기 짝이 없었다.

평생을 정파와 마도의 정보를 팔아먹으며 살아오긴 했지만, 그도 나이를 한 살 두 살 먹어가면서 쫓겨 다니는 삶에 지쳐 있었던 것이다.

독심호리는 의심이 많은 자였지만, 설마 남궁세가에서 신창양가장을 고의로 함정에 빠뜨리기 위해 처음부터 계획적으로 자신에게 접근했다는 생각은 꿈에도 할 수 없었다. 아니, 이건 독심호리가 아니라 귀신이라 해도 그럴 것이다. 그만큼 범죄 자문 책사의 계략과 술책은 하늘을 가르고 땅을 뒤엎는 것이었다.

아무튼, 독심호리가 증인보호 신청을 하자 무림맹은 물론이고 천하무림이 일대 혼란에 빠졌다.

그리고 남궁세가는 범죄 자문 책사가 알려준 대로 착착 함정을 파서 신창양가장을 수렁 속으로 밀어 넣었고, 독심호리도 중간에 제거할 수 있었다.

무려 두 달을 계획한 일이었다.

그리고 기무결이 나타나기 전까지만 해도 모든 계획이 척척 맞아떨어지고 있었다.

하지만 이젠 상황이 완전히 뒤바뀌어서 남궁세가의 추악

한 음모가 만천하에 드러날 판이었다.

'우드득! 도대체 저놈이 누구란 말이냐? 어찌 우리의 계획을 본 것처럼 정확히 알아맞힐 수가 있냔 말이다.'

二

이건 범죄 자문 책사의 계획 어디에도 없던 일이었다.

남궁민은 당황해서 손발이 떨릴 지경이었지만, 가까스로 마음을 다잡았다. 전서구를 비교하는 일은 무조건 막아야만 했다.

"황당하구나!"

"무엇이 황당하단 말이오?"

"증거가 확실한 상황에서 전서구를 비교하다니, 그건 삼대세가를 의심하는 것이 아니고 무엇이란 말이냐?"

"삼대세가 전부는 아니고 어디 한 곳을 의심하는 건 맞소."

"드디어 네놈이 본색을 드러내는구나! 네놈이 계속 신창양가장의 편을 드는 것을 보니 혹시 돈이라도 받은 것이냐?"

기무결이 씩 웃어 보였다.

"소생은 남궁세가를 의심한다고 한 적이 없는데, 왜 그리 펄쩍 뛰는 것이오? 혹시 전서구를 비교하면 안 될 이유라도 있는 것이오?"

"흥! 비교를 하든 말든 남궁세가는 한 치의 거리낌도 없다.

하지만, 네놈이 계속 신창양가장을 감싸고도는 이유를 알아야겠다."

남궁민이 무서운 기세로 기무결을 덮쳐 갔다.

말은 거창해도 결국 기무결을 죽여 입을 막으려는 것이었다. 기무결의 무공이 워낙 높아서 처음부터 본신의 전력을 모두 끌어 올렸다.

콰콰콰콰!

폭포가 떨어져 내리듯 장엄한 음향이 일며 네 개의 주먹이 기무결을 향해 짓쳐들어오고 있었다.

첫 번째 주먹보다는 두 번째 주먹이 컸고, 두 번째 주먹보다는 세 번째 주먹이 컸다. 그리고 네 번째 주먹은 거의 사람 몸통만큼 커서 능히 천근의 힘이 담겨 있었다.

이는 구벽신권이란 것으로 동시에 아홉 개의 주먹을 쳐내면 천하에 적수가 없다고 알려진 개세무적의 권법이었다.

원래 남궁세가는 검법으로 유명한 곳이었다.

남궁세가에서 배출한 고수는 대부분 절정의 검수였던 것이다. 그렇다고 그게 검법 외에 다른 무공이 약해서란 뜻은 아니었다.

오히려 권법이나 조법 등은 엄청난 위력을 지니고 있지만, 익히는 것이 어렵고 난해해서 처음부터 포기해 버렸기 때문이었다.

남궁민은 남궁세가 최고의 기재였고, 어려서부터 무공에

남다른 재능을 보여왔었다. 그런 그가 구벽신권에 관심을 가진 건 어쩌면 당연한 일인지도 몰랐다.

그는 남궁세가의 무공을 열에 아홉은 터득했지만, 그중에서도 파괴력만 놓고 보면 구벽신권이 가장 높아서 결정적인 순간이 되면 항상 구벽신권을 펼쳤다. 지금까지 이십여 년 동안 대략 열 번 정도 펼칠 기회가 있었는데, 상대는 하나같이 절정의 고수였다. 하지만 그들은 세 번을 받아내지 못했었다.

"이것이 첫 번째다."

남궁민이 번개같이 주먹을 휘둘러 또다시 네 개의 주먹을 쳐냈다.

순간 강물이 바다와 합쳐지듯 처음에 펼쳐 냈던 네 개의 주먹과 합쳐지는 것이 아닌가?

쿠아아아앙!

그것의 위력은 실로 엄청났다.

마치 하늘에서 천둥이 내리치는 듯 엄청난 괴성이 울려 퍼졌다.

그와 동시에 네 개의 주먹은 일제히 크기가 두 배 이상으로 증폭이 되었고, 무시무시한 바람이 뿜어져 나와 장내를 가득 뒤덮었다.

사람들은 비명을 지르고 멀찍이 떨어져 피했다.

옷자락이 찢어지거나 살갗이 찢어져 한 줄기 선혈이 흘러내리는 사람도 있었다. 피하는 동작이 조금만 늦었어도 바람에 온몸이 으스러졌을지도 몰랐다.

그들은 눈으로 보고도 믿기 어려운 순간이었다.

대청에 있는 사람 중에 고수가 아닌 사람이 없었다.

한데도 그들은 구벽신권의 두 번째 주먹질조차 견디지 못하고 황급히 물러설 수밖에 없었던 것이다.

그랬다.

구벽신권은 단순히 주먹을 아홉 번을 쳐내는 것이 아니었다.

이는 첫 번째 주먹에 두 번째 주먹을 더하고 두 번째 주먹에 또다시 세 번째 주먹을 더하는 식으로 총 아홉 번의 주먹을 더할 수 있었다.

지금이 두 번째에 불과하니 아홉 번째 주먹까지 이르렀을 때는 그 위력이 어떠할지는 굳이 확인할 필요가 없었다.

더구나 지금 남궁민은 처음부터 젖 먹던 힘까지 모두 끌어올린 상태였다.

원래 처음 주먹을 쳐낼 때 최대가 세 개였다.

하지만 워낙 기무결의 무공이 높다 보니 무리하게 네 개까지 쳐냈던 것이다.

아마 이 상태로 아홉 번째 주먹까지 가면 능력의 초과로 남궁민은 틀림없이 본신 공력에 상당 부분 손실을 입거나, 아니면 주화입마에 빠질 수도 있었다.

하나 아무려면 어떤가?

이곳에서 기무결을 죽이지 못하면 남궁세가의 존립 자체가 어려워질 판이니 말이다.

결국 남궁민은 목숨을 버릴 각오까지 하고 구벽신권에 모든 것을 걸었던 것이다. 그리고 그 위력은 상상을 초월할 정도로 가공스러웠다.

"차앗!"

남궁민이 또다시 세 번째 주먹을 쳐냈다.

이번에도 어김없이 네 개의 주먹이 서로 합쳐지며 크기가 점점 증폭되어 갔다.

설명은 길지만 상황은 그야말로 눈 깜짝할 사이에 벌어졌다.

남궁민은 순식간에 아홉 번째 주먹까지 모두 펼쳐 냈다.

그 모습은 장엄하다 못해 숭고하게 느껴질 정도였다.

기무결은 이미 임맥과 독맥이 뚫린 상태인데도 아홉 번째 주먹까지 모두 펼쳐 낸 구벽신권 앞에 제대로 서 있기 어려웠다. 내장이 온통 뒤집어지는 듯한 충격과 함께 온몸의 뼈들이 충격을 견디지 못하고 으스러질 것만 같았다.

'으음. 대단한 위력이다.'

천하는 넓고 기인이사는 모래알처럼 많다는 격언이 새삼 떠올랐다.

하지만 기무결은 물러서지 않고 오히려 손바닥을 칼처럼 꼿꼿이 펴고 풍형으로 맞섰다.

치지직!

기무결의 손바닥에서 번쩍하며 뇌전이 일었다.

그와 동시에 그의 손바닥이 남궁민이 만들어낸 네 개의 주먹을 뚫고 들어오는 것이 아닌가?

“이, 이런 미친!”

남궁민은 자신의 눈을 의심해야 했다.

말도 안 되는 일이 벌어진 것이다.

구벽신권은 일종의 권강으로 이루어져 있어서 절세의 보검이 아니고는 어지간해서는 잘리지 않는다. 하물며 아홉 번째 주먹까지 모두 펼쳐 냈으니 그 단단함은 이루 말할 수 없을 것이었다.

한데 이것을 단순히 손바닥으로 뚫고 들어오고 있으니 제정신이면 그게 더 이상한 일일 것이다.

하지만 그가 어찌 알겠는가?

천무은형잠종대법이 삼 단계에 이르면 천둥과 번개를 만들고 천기조화를 부릴 수 있었다.

지금 기무결의 손에서 뇌전이 번쩍였던 것은 바로 구벽신권에서 흘러나온 바람을 끌어 들여 만든 번개 때문인 것이다.

“컥!”

남궁민의 입에서 둔탁한 비명이 터져 나왔다. 그와 동시에 그의 신형이 천천히 허물어졌다.

어느새 그의 가슴에 기무결의 손이 박혀 있었다.

"이제 모든 것이 끝났소."

三

여전히 무더위는 맹위를 떨치고 있었다.

머리 위로는 뜨거운 태양이 작열하고 대로 위에는 아지랑이가 피어오르고 있었다.

학인준이 형문산 일대에 들어선 것은 정오가 막 지났을 무렵이었다. 어찌나 급하게 달려왔는지 그의 몸은 땀으로 목욕을 한듯 흠뻑 젖어 있었지만, 그런 건 아무래도 상관없었다. 아직 신창양가장에 도착한 것은 아니었다. 적어도 반나절은 더 가야 하는 것이다.

"헉헉! 자, 잠깐만 쉬었다가 가세."

등 뒤에서 친구가 금방이라도 숨이 넘어갈 것 같은 목소리로 소리쳤다.

그의 입장에서는 죽을 맛이었다. 지난 삼 일 동안 제대로 잠도 자지 못하고 미친 듯이 달려왔으니 탈진해서 쓰러지지 않은 것이 기적일 정도였다.

하지만 학인준은 잠시도 멈출 수 없었다. 형문산에 들어선 순간 이미 삼대세가가 신창양가장을 공격했다는 소문이 파다했다.

무엇보다 삼대세가 측의 전력이 화려하다 못해 엄청났다.

"남궁세가에서 남궁민 대협이 직접 무리를 인솔해서 왔다고? 거기에 십준칠화까지 동행을 했고?"

학인준은 무림맹 최고의 후기지수였고, 십준칠화는 당금 무림에서 손에 꼽히는 후기지수들이었다. 당연히 그들은 서로 의식을 하며 경쟁을 하는 사이였다.

솔직히 남궁세가의 힘만으로도 신창양가장은 버티기 어려웠다. 학인준은 그저 화은설이 쓸데없이 일을 벌이지 않고 조용히 있기만을 바랄 뿐이었다.

하지만 그의 바람은 이내 무너지고 말았다.

서문세가의 불패신성들과 화은설 사이에 마찰이 벌어졌고, 때문에 일촉즉발의 형국까지 갔었다는 소문이 파다하게 퍼져 있었기 때문이었다.

—서문세가에서 화씨세가에게 공개적으로 선전포고를 했다.

학인준은 직감적으로 느낄 수 있었다.

화은설이 이렇게까지 무시를 당하고 절대 가만히 있을 리 없다는 것을 말이다.

그래서 더 걱정이었다.

신창양가장과 삼대세가 사이에 전쟁이 벌어지면 신창양가장의 사람들은 누구도 살아남기 어려웠다. 더구나 불패신성과 화은설 사이에 악연이 생겼으니 화은설은 치욕을 갚기 위해서라도 기를 쓰고 싸울 것이 뻔했다.

"서문세가! 만에 하나 설 매의 머리카락 하나라도 건드렸다면 내 결코 네놈들을 용서하지 않을 것이다."

학인준은 이를 갈았다.

그 기세가 어찌나 살벌한지 등 뒤에서 연신 숨을 헐떡거리고 있던 친구조차 정신이 돌아올 정도였다.

'이거 잘못하다 정주학가장과 서문세가 사이에 전쟁이라도 벌어지는 거 아냐?'

왠지 일이 점점 커지고 있는 기분이었다.

하나 서문세가와 정주학가장 사이에 전쟁이 벌어질 일은 거의 희박하다. 설령 전쟁이 벌어져도 그건 일방적인 싸움으로 끝날 가능성이 높았다.

정주학가장!

수백 년 역사를 지닌 유서 깊은 무가의 세력으로 천하육대문파 중 한 곳이었다.

육문칠가.

이것이야말로 당금 무림맹을 지탱하고 있는 열세 개의 기둥이 아니던가? 또한 정주학가장의 장주인 학송림은 정천구룡의 일인이기도 했다.

하남성은 무림의 패자들이 군웅할거하는 곳이었다.

특히 동쪽으로는 개방이, 그리고 서쪽으로는 소림사가 있었다. 정주학가장은 개방과 소림사가 버티고 있는 하남성에서 수십 년 동안 최고의 위치를 공고히 하고 있었다. 그것만으로도 정주학가장이 얼마나 대단한 곳인지 증명해 주고 있었다.

"응?"

문득 그가 눈을 크게 치떴다.

저 앞에서 일단의 무리가 다가오고 있는 것이 보였다.

하나같이 어깨가 잔뜩 처져 있고, 의기소침한 표정들이 왠지 낯설지 않았다.

"아, 아니, 저들은?"

서문세가의 사람들이었다.

서문백강은 몰라도 불패신성들은 두어 번 만난 적이 있기 때문에 잘못 봤을 리가 없었다.

학인준도 그들을 주시하고 있었다. 그의 눈빛이 이글이글 불타오르고 있었다. 옆에서 친구가 말리지 않았다면 다짜고짜 서문세가에 뛰어들었을지도 몰랐다.

"이보게들. 나를 알아보겠는가?"

"아니, 자네는 천무서원의 무인곽이 아닌가?"

"여기 이 친구도 알아보겠지? 정주학가장의 학인준일세."

"알다마다. 학 형하고는 몇 번 인연이 있어서 만난 사이일세."

불패신성들은 학인준과도 안면이 있어서 따로 통성명을

나눌 필요가 없었다. 물론 학인준이 그들과 인사를 나누고 싶은 기분도 아니었다.

하지만 서문백강은 연배를 따져도 한참 선배였다. 무인곽은 딱딱한 표정으로 서 있는 학인준을 재촉해서 서문백강에게 인사를 했다. 서문백강은 이상하다는 표정으로 학인준을 쳐다보았지만, 설마 그것이 화은설 때문이란 생각은 꿈에도 하지 못했다.

"그나저나 삼대세가가 신창양가장을 공격했다는 소린 들었는데, 어찌 되었나?"

무인곽은 조심스럽게 물었다.

여기서 중요한 건 신창양가장의 생사 여부가 아니라 화은설이었다.

이미 삼대세가는 신창양가장의 기왓장 하나 개미 새끼 한 마리 남겨두지 않겠다고 공언한 상태였다. 더구나 삼대세가의 전력과 힘이라면 그 결과는 굳이 보지 않아도 알 수 있을 터였다.

'벌써 무너졌겠지.'

그때, 학인준의 손에 힘이 들어가는 것이 보였다. 무인곽은 황급히 그의 팔을 잡았다. 혹시 화은설은 무사할지 모르는 일이었다.

"자네들도 우릴 조롱하려고 왔나?"

"엥? 그게 무슨 소린가?"

"같은 천무서원 출신들이니 가재는 게 편이겠지."

"이거야 원. 아까부터 무슨 뚱딴지같은 소리들인가?"

"우리가 비무에서 졌다는 말을 듣고 온 거 아닌가?"

"뭐, 뭐라고?"

무인곽은 물론이고 학인준마저 어안이 벙벙할 지경이었다.

"지금 그 말은 곧 삼대세가와 신창양가장 사이에 벌어진 비무에서 삼대세가가 졌단 말인가?"

"엄밀하게 말하면 화씨세가에게 진 것이지."

불패신성들은 아득한 표정으로 먼 허공을 응시했다. 지금 생각해도 기무결의 무공은 소름이 돋을 정도로 엄청난 것이었다.

하지만 무인곽과 학인준은 다르게 받아들였다.

화씨세가라고 해봐야 화은설밖에 없었다. 그렇다는 건 화은설이 삼대세가를 물리쳤다는 소린데, 이는 학인준이 생각해도 터무니없는 일이었다.

"지금 화은설, 화 소저를 얘기하는 건가? 그녀는 어디에 있나?"

"신창양가장에 있겠지."

불패신성은 길게 얘기하고 싶지 않았다.

특히, 서문위걸의 표정은 못 볼 걸 본 사람처럼 잔뜩 일그러져 있었다.

생각해 보면 서문세가는 얻은 건 아무것도 없고 많은 것을 잃기만 했다.

열 번의 비무는 남궁민이 죽으면서 허무하게 막을 내렸다.

사실 몇 번의 비무가 더 남아 있긴 했지만, 이미 싸워야 할 의미도 없어진 상태였다.

남궁세가가 범인이라는 것은 누구도 예상치 못한 일이었다.

서문세가와 신도세가는 한동안 충격에서 헤어 나오지 못했다. 그들은 꼴만 우습게 변하고 말았다. 애꿎은 제자들을 잃고 남궁세가의 손에 이용만 당하다 끝난 셈이니 말이다.

어디 그뿐인가?

서문세가 입장에서는 화씨세가의 박투술에 패해 그동안 쌓아온 명성과 자존심에 상처만 입었다. 막말로 날이 밝으면 천하무림에 소문이 퍼질 것이 아닌가?

그래서였다.

남궁세가의 행동을 절대 용서할 수 없었다.

그들은 이번 일을 단단히 따져 물을 생각이었다.

전서구라는 결정적인 증거도 있으니 남궁학도 변명할 수는 없으리라.

하지만 당장 십준칠화에게 책임을 묻지는 않았다.

비록 그들의 명성이 대단하긴 하지만, 그렇다고 남궁세가에서 책임질 위치에 있는 건 아니었다.

"그래도 단단히 준비하는 게 좋을 것이네."

서문백강의 경고에 십준칠화는 고개를 푹 수그린 채 아무 말도 할 수 없었다.

그들도 느낄 수 있었다.

서문세가나 신도세가의 위세가 감히 남궁세가에 비할 바가 못 되지만, 이번 일이 알려지면 남궁세가는 벼랑 끝에 몰릴 수도 있다는 사실을.

그들은 서문백강에게 인사를 하는 둥 마는 둥 하고 신창양가장을 떠나갔다.

四

"더 이상 우리에게 묻지 말게."

"모든 건 오해에서 비롯된 것이고, 우리도 피해만 입었으니까."

그들은 무인곽이 말을 걸까 두려워 서둘러 떠나갔다.

학인준은 그들을 붙잡지 못했다. 아니, 그럴 정신이 없었다고 보는 게 더 정확할 것이었다.

"오해라고? 피해만 입었어?"

도대체 이게 무슨 수수께끼 같은 소린지 몰랐다.

그래도 확실한 건 화은설이 신창양가장에 있다는 것이었다.

"서둘러 가보세."

그들이 신창양가장으로 발길을 돌리려는 순간이었다.

저 멀리서 서문백강의 목소리가 들려왔다.

"그 아이를 보면 전해주게. 정말 천하제일의 보법을 보았다고. 노부의 눈으로 화씨세가의 부활을 볼 수 있어서 좋았다고 말이네."

말이 끝났을 때는 이미 서문백강의 모습은 보이지 않았다.

학인준은 환청을 들었나 싶었다.

아마 무인곽이 옆에서 바보처럼 방금 서문백강의 말을 되풀이해서 말하지 않았다면 정말 환청을 들은 거라고 착각했을지도 몰랐다.

'아까부터 계속 무슨 말을 하는지 모르겠군. 어쨌거나 가보면 알겠지.'

학인준은 발길을 재촉했다.

그들이 신창양가장에 도착했을 때는 그로부터 세 시진이 지난 유시 무렵이었다.

무인곽은 연신 거친 숨을 내쉬며 정문 앞에 털썩 주저앉고 말았다.

그들을 맞으러 나온 사람은 양수란이었다.

그녀는 같은 천무서원의 원생이었다. 굳이 통성명을 나누며 시간을 지체할 필요 없이 곧바로 찾아온 이유를 물어볼 수 있었다.

"학 공자와 무 공자께서 여긴 어쩐 일이시죠?"

그녀는 약간 경계하고 있었다.

혹시 삼대세가의 일로 따지러 온 것이 아닌지 의심하고 있었다.

"우린 화 소저를 만나러 왔소."

"아! 언니요? 제가 잠시 오해를 했군요. 하지만 어쩌죠? 언니는 벌써 떠났는걸요."

"끙!"

학인준은 맥이 빠졌다.

그나마 화은설이 무사한 것 같아서 다행이었다.

"그나저나 여기에 오다 서문세가를 만났소. 한데 그들이 이상한 이야기를 하던데, 뭐가 어떻게 된 겁니까?"

"열 번의 비무 말인가요?"

"그렇소. 정말 화 소저가 삼대세가를 물리친 겁니까?"

"언니는 서문위걸하고만 싸웠어요. 십준칠화를 물리치고 서문백강을 굴복시키고 남궁민을 죽인 건 기 공자에요."

"기 공자?"

아무리 생각해도 화씨세가에 기 공자란 자가 있다는 말은 들은 적이 없었다. 생각해 보면 엄청난 일이었다. 십준칠화를 물리친 것만 해도 대단한 일인데, 서문백강을 굴복시켰단다. 게다가 남궁민을 죽였다니. 전대 고수가 아니고는 불가능한 일이었다.

"두 분도 아마 알 거예요. 언니의 전용 마부 있잖아요. 그 분이 바로 기 공자예요."

"바, 방금 뭐라고 했소?"

"지금 마부가 뭐가 어쨌다고?"

학인준과 무인곽의 얼굴에 기무결의 얼굴이 떠올랐지만, 이내 고개를 좌우로 흔들었다.

이건 뭔가 잘못된 것이다.

잘못돼도 한참 잘못된 것이었다.

학인준의 표정은 묘하게 일그러졌다.

문득 서문백강의 수수께끼 같던 소리가 생각났기 때문이었다.

'저, 정말 그 마부 녀석이?'

第四章

갑질의 대가

一

—화씨세가가 부활했다.

—삼대세가가 화씨세가의 발 앞에 무릎을 꿇었고, 화씨세가가 풍전등화에 빠져 있던 신창양가장을 구해주었다.

그건 전설을 알리는 전주곡이나 마찬가지였다.

신창양가장에서 벌어졌던 열 번의 비무는 천하무림을 진동하기에 충분했다.

소문은 삽시간에 꼬리에 꼬리를 물고 퍼져 나갔고 사람들은 두세 명만 모였다 하면 이야기꽃을 피우기에 정신이 없었다. 그도 그럴 것이 다른 곳도 아니고 화씨세가가 부활한 것이다.

이미 몰락해서 존재감조차 찾기 어려웠던 화씨세가가 놀랍게도 서문세가를 격파하고 연이어 남궁세가마저 꺾었으니 사람들의 반응이 더욱 뜨거울 수밖에 없었다. 더구나 비무에 참가했던 사람들의 면면이 하나같이 대단한 명성을 지닌 고수였다.

일각에서는 소문이 너무 과장됐다며 불신하는 사람도 있었다.

"십준칠화는 각자 최고의 절기를 펼쳤는데도 일 초도 버티지 못했다는데 그게 사실일까?"

"자네가 믿지 못하는 것도 무리는 아니지. 소문에 따르면 서문세가 최고의 고수라는 서문백강이 최후의 비전인 유성낙월검식을 펼쳤는데도 졌다고 하니 원."

"그 소문은 나도 듣긴 했는데, 서문세가에 유성낙월검식이란 무공도 있었나?"

"자네 몰랐나? 서문백강이 평생을 걸쳐 만들어낸 무공인 모양이네. 단 일 초식으로 이루어졌지만, 그 위력이 어찌나 초절한지 몇 명의 고수가 달려들어도 막아내기 힘든 절초가 바로 유성낙월검식이지."

"허! 그런데도 그걸 단박에 파훼했단 말인가?"

"그러니까 소문이 과장됐다는 말이 나도는 거 아닌가? 서문백강은 남궁민에 비하면 약간 부족할 수 있지."

"참, 이번 비무에 남궁민도 참가했었다며?"

"그러니 하는 말일세. 남궁민이 마지막 주자로 나섰고, 처음부터 구벽신권을 펼쳐서 아홉 번의 주먹을 휘둘렀는데도 무참히 깨졌다고 하네."

"구, 구벽신권을 아홉 번을 펼쳤는데도 졌다고?"

아무리 생각해도 너무 비현실적인 이야기였다.

남궁민이 남궁세가 최고의 고수 중 하나라는 데 이견이 별로 없는데다 구벽신권은 절정의 고수들조차 세 번의 주먹을 간신히 막을 정도로 그 위력이 경천동지할 만큼 강하기 때문이었다.

화은설은 마음이 크게 들떠 있었다. 이런 기분은 생전 처음이었다. 어딜 가든 사람들의 입에 화씨세가의 이름이 오르내리고 있었다.

자고 일어나니 하루아침에 유명인사가 된 것 같았다.

그녀는 거리를 지나가면 금방이라도 사람들이 알아보고 반가운 척할 것 같았다. 물론 그런 일이 일어나지 않을 거라는 건 누구보다 그녀가 더 잘 알고 있었다.

하지만 가문이 몰락하고 난 이후 항상 사람들의 놀림만 받아오던 그녀가 아니었던가?

이렇게 세간의 주목을 받고 화제의 중심에 선 것만으로도 그녀는 천하를 다 가진 기분이었다.

모든 게 기무결 덕분임은 몇 번을 강조해도 부족하지 않았다.

하지만 기무결에게 궁금한 것도 많았다.

기무결은 자신의 입으로 기해극의 혼외 자식이라고 했고, 어려서 어머니를 잃고 고아로 자랐다고 하지 않았던가? 그것 때문에 복수하기 위해 무림맹에 위장 잠입을 한 것이라고도 했다.

한데 어디서 이런 가공할 무공을 익혔는지 그게 늘 의문이었다. 강해도 너무 강했다. 보통 약관의 나이에 명성을 얻으면 후기지수로 불리는 것이 정석인데, 기무결은 이미 그런 개념 자체를 훌쩍 뛰어넘은 상태였다.

"사문이 어디야?"

"저도 잘 몰라요."

"피! 그런 게 어디 있어. 괜히 가르쳐 주기 싫으니까."

무림에서 사문을 밝히지 않는다고 그게 상대를 무시하거나 예의에 어긋나는 건 아니었다. 그건 하나의 관례일 뿐이었다.

"거짓말하는 게 아니에요. 성질 고약한 노인네에게 배우긴 했는데 저도 자세한 사문이 무엇인지 몰라요."

"그래?"

"제가 아가씨께 거짓말할 이유가 없잖아요."

"그렇긴 하지만……."

"그리고 그 영감이 가르쳐 준 무공이 불완전한 것이라 아가씨께 따로 초식도 배운 거구요."

"그랬구나! 하지만 아무리 그래도 무공을 가르쳐 준 분께 영감이 뭐야, 영감이."

"그게 뭐 어때서요. 무공을 가르쳐 줄 때도 사부라고 부른 적이 한 번도 없는데요."

기무결은 아무렇게나 나오는 대로 지껄였다.

어차피 모든 게 다 거짓말이다 보니 골치 아프게 기승전결 따져 가며 말을 만들어내고 싶지 않았다.

하나 워낙 거짓말에 도통한 기무결이다 보니 아무렇게나 지껄인 것도 걸작이었다.

화은설은 뭔가 이상하긴 했지만, 더 이상 꼬치꼬치 캐물을 수 없었다.

"그나저나 아가씨, 우리 지금 어디로 가는 겁니까?"

무림맹으로 돌아가는 길이 아니었다.

그들은 신창양가장에서 나와 곧장 북상을 했고, 반나절 이상은 더 올라갔다. 이는 무림맹으로 가는 길과는 반대 방향이었다.

"이 근처에 외가가 있어."

"외가요?"

"응! 오 년 만에 찾아오는 것이어서 기억이 좀 가물가물 거리네."

화은설의 표정이 그렇게 밝지만은 않았다.

그도 그럴 것이 화진악이 그렇게 죽은 이후 그녀의 외가도 사람들의 지탄을 받으며 급격히 몰락했기 때문이었다.

신표비응장!

의창 제일의 문파였다.

원래 이름은 설표비응장이었다.

하지만 암기를 사용하는 솜씨가 신기에 가깝다고 해서 신표비응장이라고 사람들이 이름을 바꿔서 부를 정도였다.

심지어는 태양은 져도 신표비응장의 영광은 영원히 지지 않을 거라고 생각했다.

하나 신표비응장도 화진악의 악몽은 피해 갈 수 없었다.

천하의 지탄과 비웃음을 견디지 못하고 자질이 뛰어난 제자들이 속속 이탈을 하거나 타 문파에 빼앗기면서 지금은 간신히 명맥만 유지하고 있었다.

신표비응장이 화은설에게 유감이 많은 건 어쩌면 당연한 일이었다. 오 년 전 그들은 신표비응장을 찾아온 어린 화은설에게 다시는 찾아오지 말라며 거의 쫓아내다시피 했고, 그들의 인연은 거기서 끊어진 상태였다.

화은설은 한 번도 신표비응장을 원망해 본 적이 없었다. 오히려 그들이 자신을 미워하는 것도 충분히 이해할 수 있었다.

지금도 자신을 미워하고 있을지 걱정이 앞섰다.

그녀는 신표비응장이 지난 오 년 동안 잃었던 성세를 다시 찾았길 간절히 기도했다.

二

의창은 장강 연안의 항구도시였다.

지리적인 여건상 선단의 세력들이 강세를 보이며 장강수로삼십육채의 수적들 때문에 골머리를 앓기도 했다.

기무결은 의창에 들어서자 잠깐 볼일이 있다며 화은설에게 양해를 구했다.

"생각해 보니까 저도 여기에 친구가 살고 있더라구요. 잠깐 친구 좀 만났다가 신표비응장으로 찾아갈게요."

그렇게 대충 둘러대고 마을로 향했다.

그는 화은설 몰래 할 일이 있었다.

그건 바로 지하석실에 있던 천만 냥의 금화와 보석을 조금씩 가져와 돈으로 바꾸는 것이었다. 금화와 보석을 돈으로 바꾸었다고 모두 끝난 것이 아니었다.

돈을 다시 전표로 바꾼 다음 다시 무기명 전표로 바꾸어야 나중에라도 관아나 황실, 그리고 무림맹 등의 추적을 피할 수 있었다.

이게 바로 자금 세탁이었다.

이런 식으로 몇 번을 거치고 이 전장에서 저 전장으로 갈아타게 되면 완벽한 자금 세탁이 되는 것이다. 물론 금화와 보석을 돈으로 바꿀 때는 그 양을 조금씩 해야 사람들의 의심을 피할 수 있었다.

그렇게 자금을 세탁한 돈이 무려 칠백만 냥이었다.

아직 지하석실에 삼백만 냥이 있었고, 기관장치 안에 숨겨져 찾지 못한 돈은 사천만 냥이었다.

사천만 냥을 찾는 것도 일이지만, 이걸 일일이 자금 세탁해서 무기명 전표로 바꾸는 것도 만만치 않은 일이었다. 생각만 해도 벌써부터 골이 지끈거렸다.

하지만 뭐 어떠랴.

이걸 두고 행복한 고민이라 하는 것이리라.

기무결이 찾아간 곳은 대명전장 의창지부였다.

대명전장은 천하십대전장 중 하나로 천하 곳곳에 지부가 있었고, 하루에 거래되는 돈만 해도 수십 만 냥을 넘었다.

기무결은 대명전장에 삼백만 냥 가량을 넣어두고 있었다. 나머지 사백만 냥은 이백만 냥씩 다른 천하십대전장 중 두 곳에 분산 예치해 두었다.

기무결은 의창지부에서 십만 냥의 돈을 무기명 전표로 바꾸었고 그것을 다시 차명계좌에 넣어두었다.

대명전장이 천하십대전장 중 하나지만, 한 번에 십만 냥을 거래한 사람은 흔치 않았다. 당장 직원들 사이에서 한바탕 소동이 벌어졌다.

아름답게 생긴 여자 직원이 차를 내왔고 듬직하게 생긴 남자 직원이 모든 업무를 대신 처리해 주었다.

기무결은 의자에 편하게 앉아서 책을 읽고 차를 마셨다.

여기저기서 기무결을 힐끔힐끔 쳐다보는 시선들이 느껴졌다.

기무결의 준수한 얼굴은 단연 여자 직원들 사이에서 화제가 되었다. 젊고 준수한데다 돈까지 많았다. 백마 탄 왕자도 이렇게까지 완벽할 순 없으리라.

여자 직원들은 괜히 화장을 고치고 옷매무새를 아름답게 매만졌다. 어떤 여인은 대놓고 유혹이라도 하려는 듯 옷고름을 살짝 풀어 속살이 드러났다.

기무결은 속으로 혀를 찼다.

그는 매번 거래할 때마다 겪는 일이어서 이런 풍경들이 그리 낯설지 않았다.

"여기 다 됐습니다, 공자님!"

"아, 고맙소. 한데, 이름이……."

"소인은 우천득이라 합니다."

"오늘 애써줘서 고맙네. 내 자네의 이름을 기억하겠네."

기무결이 대견하다는 듯 가볍게 어깨를 토닥여 주었다.

"가, 감사합니다. 가문의 영광으로 생각하겠습니다."

우천득은 전장이 떠나가라 큰 소리로 대답했다. 물론 허리를 구십 도로 접어 절을 한 것은 당연지사.

"자, 그럼 다음에 또 보세나."

기무결이 밖으로 나오자 모든 직원이 따라 나와 인사를 했다. 여자 직원들의 눈빛은 아쉬움으로 가득했다.

三

반겨주는 사람이 없을 거라는 것은 이미 각오하고 있던 일이었다. 들어서지도 못하고 문 밖에서 쫓겨나지만 않으면 다행이란 생각도 하고 있었다.

그녀의 생각은 절반만 적중했다.

반겨주는 사람이 없는 건 맞았다.

하지만 이건 애초에 그녀가 생각했던 것과는 전혀 달랐다.

신표비응장에는 남아 있는 사람이 몇 명 되지 않았다. 그녀의 외숙이 화병으로 죽고 그나마 남아 있던 제자들마저 모두 떠나 버렸던 것이다.

신표비응장에 남아 있는 사람이라고는 어린아이들과 몇 명의 여인밖에 없었다.

"이, 이모! 언니!"

화은설은 할 말을 잃었다.

두 눈에서 눈물만 주르륵 흘러내렸다. 아무리 세월이 무상하다 해도 이럴 수는 없었다. 화은설은 마음이 아파 견딜 수가 없었다.

화은설을 대하는 여인들의 표정은 싸늘하기만 했다.

그녀들 중에는 이모도 있었고, 사촌 언니도 있었다. 화은설이 어렸을 때만 해도 그녀를 무척 귀여워해 주었고, 사이도 화목했었다.

그래서 더 화은설은 마음이 아팠다.

이 모든 것이 다 자신 때문에 벌어진 것 같아 죄책감마저 들었다.

"네가 여긴 어쩐 일이니?"

"나, 나는 그냥 지나가다 잠시……."

"흥! 이 꼴을 보니 속이 시원하니?"

"이제 그만 돌아가라. 여기가 어디라고 네가 발을 들여놓느냐?"

여인들은 한창 어린아이들에게 무공을 가르치고 있는 중이었다. 그녀들은 아직 신표비응장을 포기한 것이 아니었다. 여전히 독문절기가 남아 있고, 뒤를 이을 후인도 몇 명 남아 있었다.

여인들이 똘똘 뭉쳐서 아이들을 가르치고 있는 이상 언제고 반드시 신표비응장이 예전의 성세를 회복하지 말라는 법도 없었다.

'그래, 그것이면 충분해.'

화은설은 웃으면서 돌아설 수 있었다.

영영은 속으로 한숨을 내쉬었다.

이건 화은설의 잘못도 그렇다고 그 누구의 잘못도 아니었다. 오히려 화은설도 몰락한 화씨세가를 일으켜 세우기 위해 얼마나 많은 눈물을 흘리고 있던가? 그녀도 피해자라면 피해자였다.

"아가씨, 괜찮으세요?"

"괜찮을 리 있겠니? 하지만 그건 섭섭하거나 원망해서가 아니야. 내가 해야 할 일이 하나 더 늘었다고 생각하면 마음이 무거워."

화은설은 생각할수록 가슴이 먹먹해져 왔다.

그동안 화씨세가만 생각하고 잊고 지냈지만, 그녀의 어깨에는 신표비응장을 도와 예전의 성세를 회복시켜야 한다는 사명감이 있었다.

하지만 화씨세가의 일도 막막한 마당에 무슨 수로 신표비응장을 일으켜 세운단 말인가?

그렇게 무거운 표정으로 신표비응장을 나오는 순간이었다.

문득 몇 명의 사람이 그녀를 지나쳐 안으로 들어갔다. 옆구리에 두꺼운 장부를 끼고 한 손에 주판을 들고 있는 것이 왠지 장사꾼들 같았다.

'무슨 일이지?'

화은설은 왠지 불길한 기분이 들었다.

무림의 문파에 장사꾼들이 찾아올 이유가 전혀 없었다.

그리고 만약 장사꾼들이 찾아오면 그건 적들이 무기를 들고 찾아오는 것보다 더 무서운 일이었다.

그녀도 몇 번 겪어본 적이 있었다. 화씨세가의 본가가 급격하게 몰락하면서 얼마간의 빚을 지게 되었는데, 정해진 기한 내에 갚을 수가 없었다. 빚쟁이들이 들이닥쳐 돈이 될 만한 것을 죄다 가져갔다. 화은설은 그때만 생각하면 지금도 아찔했다.

"아무래도 다시 들어가 봐야겠어."

화은설이 굳은 표정으로 안으로 사라졌다.

이미 쫓겨난 상태에서 다시 들어갔다가 무슨 경을 칠지 몰랐지만, 그런 건 아무래도 상관없었다. 영영이 울상을 지으며 그녀를 따라 들어갔다.

"아가씨, 같이 가요."

四

불길한 생각은 한 번도 틀린 적이 없었다.

과연 화은설의 생각처럼 장사꾼들은 빚을 받아내기 위해 찾아온 것이 맞았다.

그야말로 엎친 데 덮친 격이었다.

신표비응장은 간신히 버티고 있는 상황에서 몇십 냥도 갚기 어려웠다. 하물며 갚아야 할 빚이 엄청났다. 사천 냥이 넘는 액수였다.

세상에 가장 무서운 것이 빚쟁이들이다. 여인들은 시간을 조금만 더 달라고 통사정을 했지만, 장사꾼들은 들은 척도 하지 않았다.

"오늘 중으로 장원을 비워주셔야겠습니다."

"우린 나갈 수 없어요. 여긴 신표비응장의 심장이나 마찬가지예요."

심장이 없는 사람은 살 수 없듯 본가를 잃어버린 문파는 훗날을 기약할 수 없는 것이다.

더구나 장원의 가치로 따지면 만 냥을 훌쩍 넘는다.

그에 비해 그들이 진 빚은 겨우 사천 냥밖에 되지 않는다. 뭔가 분하고 억울했다.

하지만 법이 그랬다. 돈을 갚을 능력이 없으면 땅이나 건물로 대체하는 것이 일반적인 관례였다. 결국 그들은 법대로 처리하고 있는 중이었다.

보다 못한 화은설이 나섰다.

"그대들은 어디에서 나왔죠?"

"저희는 대명전장의 직원입니다. 한데 소저는 누구십니까?"

"저는 화씨세가의 화은설이라고 해요."

"아, 예!"

대명전장의 직원들은 시큰둥한 표정으로 대답했다.

화씨세가나 신표비응장이나 몰락하긴 매한가지라 별 볼 일 없게 느껴졌던 것이다.

"지부장을 만나봐야겠어요. 지부장은 지금 어디에 있죠?"

"전장에 계십니다만 지부장님은 왜 찾으십니까?"

"보증을 서면 변제 기한을 늘릴 수 있죠?"

화은설은 경험이 있다 보니 이런 쪽으로 자세히 알고 있었다.

"그건 그렇습니다만 담보가 확실해야 합니다."

"그건 그대들이 걱정할 필요 없어요."

"흐음, 알겠습니다. 일단 지부장님과 대화가 끝날 때까지 기다리도록 하지요."

대명전장의 직원들이 한발 물러섰다.

여인들이 화은설에게 다가왔다. 그녀들의 얼굴에는 고마운 기색이 역력했다.

"너를 볼 면목이 없구나! 우린 너를 박대하기만 했거늘……."

"그런 거라면 저는 괜찮아요."

"그나저나 괜찮겠니? 화씨세가의 형편도 우리와 크게 다르지 않을 텐데."

"휴우! 일단 부딪쳐 봐야죠."

화은설도 그게 걱정이긴 했다.

담보로 내세울 만한 것이 딱히 없었다.

화씨세가에서 하고 있던 사업체며 땅 등은 예전에 빚쟁이들 손에 넘어갔고 지금은 본가 하나밖에 남지 않은 상태였다.

하지만 본가는 그녀가 마음대로 할 수 있는 게 아니었다. 본가는 역사요 상징이었다. 수백 년 동안 이어온 선조들의 얼이 담겨 있는 것이다.

일단 천무서원의 원생이란 신분을 담보로 잡혀볼 생각이었다. 그녀는 충분히 가치가 있다고 생각했다. 천무서원을 졸업하고 무림맹의 요직에 들어가면 제법 많은 돈을 벌 수 있었다. 그럼 조금씩이라도 확실하게 돈을 갚아나갈 수 있었다.

영영은 화은설의 계획을 알고 기절초풍할 지경이었다.

"서, 설마 아가씨가 대신 빚을 갚으시려구요?"

"어쩔 수 없잖니? 그렇다고 이대로 외가가 풍비박산하는 걸 지켜볼 수는 없잖아?"

그건 죽어도 할 수 없는 일이었다.

"아, 아가씨!"

영영은 금방이라도 울고 싶은 심정이었다.

지금도 화은설은 충분히 어렵게 살아가고 있었다. 여기에 사천 냥의 빚까지 갚아나가면 그 뒤의 생활은 굳이 보지 않아도 어떻게 될지는 충분히 짐작이 되고도 남았다.

하지만 화은설의 성격을 알고 있는지라 더 이상 말릴 수는 없었다.

'휴! 어차피 말려도 소용도 없겠지만.'

하필 이럴 때 기무결이 친구를 만난다고 자리를 비우고 없었다.

그렇다고 기무결이 이번에도 해결해 줄 거라는 기대를 하고 있는 게 아니었다.

무려 사천 냥의 빚이 걸려 있는 일이었다.

이번만큼은 기무결이라고 뾰족한 대책이 있을 리 없을 터였다. 아니, 없어야 정상이었다. 막말로 도둑질을 해도 단 시간 안에 벌기 어려운 액수였다. 그래도 최소한 화은설이 무모하게 대신 빚을 갚겠다는 것은 막으려 했을 것이다. 영영은 그것만으로 충분했지만, 이미 화은설은 대명전장으로 발길을 옮기고 난 뒤였다.

五

지부장은 뚱뚱하고 탐욕스럽게 생긴 자였다.

그는 일언지하에 화은설의 제안을 거절했다. 화씨세가의 본가를 담보로 내놓으면 몰라도 그게 아니면 더 이상 길게 얘기할 필요가 없었다.

화은설은 발끈했다.

"내가 돈을 갚는다고 했잖아요? 천무서원의 원생 신분처럼 확실한 게 어디 있죠?"

"아아! 그거야 중간에 퇴학을 당하면 말짱 도루묵이 되는 것이고. 우린 불확실한 담보는 절대 받지 않소. 화씨세가의 본가를 담보로 내놓을 게 아니면 당장 돌아가시오."

지부장은 축객령을 내렸다.

이건 무조건 세 배 이상 남는 장사였다. 당장 그곳을 헐고 기녀원을 짓고 싶다는 자도 있었다. 근사한 객잔을 짓는 것도 나쁘지 않다. 경쟁만 조금 붙인다면 만오천 냥 이상도 충분히 받을 수 있었다. 그럼 거의 네 배가 남는 장사 아닌가?

아무리 천무서원의 원생이 특별하다 해도 평생을 통해 이 많은 돈을 벌기는 어렵다고 생각했다. 무엇보다 이미 몰락한 화씨세가를 믿고 그 오랜 시간을 기다려 줄 바보는 세상천지에 아무도 없을 것이었다.

결국 화은설은 망신만 당하고 쫓겨나다시피 해서 끌려 나오고 말았다.

전장의 문턱은 화은설이 생각했던 것보다 더 높았다. 힘이 없고 가진 것 없는 사람은 인간 취급도 해주지 않았다.

화은설은 그걸 뼈저리게 느꼈다. 지부장은 철저히 화은설을 무시했다. 화씨세가가 지금처럼 몰락하지만 않았어도 감히 지부장의 입에서 '중간에 퇴학을 당하면 말짱 도루묵이 되는 것이고' 란 말이 나올 수 없었다.

하지만 그녀가 무시를 당한 건 아무래도 상관없었다. 무슨 낯으로 신표비응장에 가야 좋을지 몰랐다. 다들 간절한 마음으로 그녀를 기다리고 있을 게 뻔했다.

한편, 기무결은 볼일을 마치고 신표비응장을 찾아갔다. 사람들에게 물어서 찾아간다고 중간에 화은설과 길이 엇갈렸다.
"그러니까 지금 보증을 서겠다고 대명전장에 갔단 말입니까?"
"그, 그래요."
여인들은 부끄러운 표정을 지으면서도 한 줄기 실낱같은 기대감을 품고 있었다.
"담보는요?"
"천무서원 원생의 신분을 걸겠다고 했어요."
"끙!"
정말 대책 없는 아가씨였다.
전장이 어떤 곳이라고 그걸 담보로 잡아줄까.
더구나 이건 한눈에 딱 봐도 돈이 몇 배로 남는 장사였다.
"한데, 설아와는 어떤 관계이신지……."
얼마나 경황이 없었던지 한참 대화를 하고 나서야 이름을 물었다.
하지만 기무결은 그녀들의 질문에 대답할 생각도 없이 곧장 대명전장으로 향했다.
이번엔 중간에서 화은설과 영영을 만날 수 있었다.
화은설은 저 멀리에서도 어깨가 축 처져 어떤 험한 꼴을 겪었는지 한눈에 알 수 있을 정도였다.
하나 화은설은 내색하지 않았다. 그녀는 밝은 척 웃으며 말했다.

"친구 만나고 이제 오는 길이야?"

"예? 예, 그렇긴 한데 아가씨는 어디 갔다 오나 봐요?"

"아, 아니야. 그냥 심심해서 영영하고 저자거리 좀 구경하고 오는 길이었어."

기무결에게 쓸데없는 부담을 주기 싫었던 모양이었다.

그녀는 영영에게도 눈짓으로 신호를 주었다. 기무결도 그냥 모른 척해주는 게 좋을 것 같았다.

"먼저 돌아가세요."

"아니, 왜?"

"깜빡하고 친구 녀석이 준 선물을 잊고 온 거 있죠?"

"그, 그래? 그럼, 먼저 가 있을 테니까 천천히 볼일 보고 와."

차라리 잘됐다 싶었다.

그렇지 않아도 기무결과 같이 신표비응장에 가는 것을 걱정하고 있던 참이었다. 아마 지금쯤이면 장원에서 대기하고 있던 자들에게 지부장의 뜻이 전해졌을 터.

차압 딱지가 나붙고 안에 있는 사람들이 쫓겨나는 모습을 보여주고 싶지 않았다.

六

우수고객은 이래서 좋다.

사전에 따로 약속 따위는 필요 없었다.

화은설은 지부장을 만나기 위해 반 시진 정도를 기다려야 했지만, 기무결은 자신의 의사를 전하기 무섭게 지부장이 달려왔다.

"많이 기다리게 해서 죄송합니다. 의창지부장 소장익이라 합니다."

그의 태도는 한없이 정중했다.

화은설을 대할 때와는 완전 딴판이었다.

"한데, 어떤 일로 저를 보시고자 하셨는지……."

"무얼 좀 확인할게 있어서요. 방금 지부장을 찾아온 사람이 있죠?"

"화씨세가의 화 소저 말입니까?"

"그분이 무슨 부탁을 하지 않던가요?"

"담보를 저당 잡힐 테니 보증을 설 수 있게 해달라고 하더군요."

"그래서요?"

"쯧쯧, 그게 조금 무리한 부탁인지라……. 그나저나 그건 왜 물으시는지요?"

"그래서 망신을 주었다는 말입니까?"

"망신이라는 표현은 조금 그렇긴 하지만, 거절한 것은 맞습니다."

기무결이 눈살을 찌푸렸다.

"흐음. 화 소저의 신분에 그 정도 담보면 그럭저럭 괜찮은 편 아니오? 망신을 준 건 너무 심하다고 생각하지 않소?"

"지금 그걸 따지려고 찾아온 겁니까?"

지부장이 자리에서 일어섰다.

"그 일이라면 더 이상 들을 것도 없을 것 같군요."

"이봐, 지부장! 아직 상황 파악이 안 돼? 당신 망하고 싶소?"

"손님, 말씀이 너무 지나치시군요. 아무리 우수고객이라 해도 공갈 협박은 용납할 수 없습니다."

"쯧쯧, 공갈 협박이라… 정말 똥오줌 구분 못하는 인간이로군. 내가 갑질이 뭔지 확실히 보여줄까?"

"뭐야?"

이젠 소장익의 표정이 대놓고 험악하게 변했다.

어디 한번 보여줄 테면 보여주라는 뜻이었다.

기무결이 품속에서 십여 개의 계좌를 꺼냈다. 그리고는 소장익을 향해 내밀었다.

"지금 당장 거기에 있는 돈 모두 찾아 와. 이렇게 불쾌하고 돼먹지 못한 곳과는 더 이상 거래를 못하겠으니까."

"헉? 이, 이건……."

계좌를 든 소장익의 손이 부들부들 떨렸다.

액수가 많아도 너무 많았다. 계좌를 만든 지점은 각기 달랐지만, 전부 합하면 삼백만 냥이라는 엄청난 양의 돈이 들어 있었다. 이걸 모두 빼기에는 액수도 액수거니와 의창지부에 이런 거액이 있을 리 없었다.

자산 규모가 백만 냥만 넘어도 우수한 전장으로 평가를 받으며 이백만 냥이 넘으면 중원에서 손꼽히는 전장으로 우뚝 설 수 있었다.

하물며 삼백만 냥은 말해 무엇하겠는가?

더구나 대명전장은 천하에 칠십여 개의 지점이 있었고, 그것들을 다 합쳐야 자산 규모가 천만 냥이 겨우 넘는다. 삼백만 냥은 도저히 일개 지점이 해결할 성질의 것이 아닌 것이다.

그제야 그는 자신이 상대를 잘못 건드렸단 생각이 들어 식은땀을 흘렸다.

"소, 손님! 아… 아니, 대인! 자, 잠시만 진정하십시오."

"진정? 이제야 상황 판단이 된 모양이군. 하지만 이미 늦었어. 도저히 불쾌해서 내 돈을 단 하루도 대명전장에 넣어두고 싶지 않으니까 지금 당장 삼백만 냥 찾아 와."

억지라면 억지다.

며칠을 걸려 준비를 해도 맞춰주기 어려운 것을 불과 반나절도 안 되는 시간 안에 해달라니 억지도 이런 억지가 없었다.

더구나 총 자산 규모가 천만 냥 정도인 대명전장에서 갑자기 삼백만 냥이란 거금이 한꺼번에 빠져 나가면 제아무리 대명전장이 천하십대전장 중 하나라고 해도 휘청거릴 건 불을 보듯 뻔한 일이었다.

하지만 손님이 돈을 빼고 싶다는데 막을 명분이 없었다.

그리고 그 뒤에 벌어질 모든 책임은 모두 소장익의 것이 될 것이었다.

"대, 대인! 한 번만 용서해 주십시오. 소인이 감히 대인을 알아보지 못하고 죽을죄를 지었습니다."

소장익은 바닥에 넙죽 엎드렸다.

그의 두 눈에서는 눈물이 쏟아져 나왔다. 기무결의 화가 풀릴 때까지 용서를 구하고 죄를 비는 것 밖에 방법이 없었다.

하나 기무결은 눈 한 번 깜빡하지 않았다. 그에게 관용을 베풀어줄 마음이 손톱만큼도 없었다.

"오늘 안으로 어렵다면 내일까지 시간을 주지."

七

대명전장은 발칵 뒤집어졌다. 창사 이래 이런 위기는 없었다. 그것을 증명이라도 하듯 본단에서 장로급 간부들이 의창지부로 내려왔다.

심지어는 대명전장의 장주인 대남현도 밤새 쉬지 않고 달려 새벽 무렵에 도착했다.

삼백만 냥이 한꺼번에 빠져 나가면 그 손실은 이루 말할 수 없을 정도로 크다. 재무 관계가 악화될 것은 불을 보듯 뻔한 일. 업계에 소문이라도 돌면 누가 전장을 이용하려 하겠는가? 이쪽 사업은 거의 끝난 셈이나 마찬가지였다.

소장익은 사색이 되어 어쩔 줄 몰랐다. 사태가 너무 커져서 이젠 수습하기도 곤란할 지경이었다. 입 한 번 잘못 놀린 대가치고는 너무 가혹했다.

그는 사건이 터지고 몇 번이나 화은설을 찾아가 사과를 하고 용서를 구했다.

하지만 정작 화은설은 영문을 몰라 어안이 벙벙할 뿐이었다. 기무결은 옆에서 찬바람이 쌩쌩 부는 표정을 지으며 아는 척도 하지 않았다.

소장익은 거의 필사적이었다. 화은설이 화를 풀어야 기무결이 자신을 용서해 줄 것 같았다.

"소인이 아가씨를 알아보지 못하고 무례하게 굴었습니다. 제발 소인의 잘못을 용서해 주십시오."

하지만 화은설은 아무 영문을 몰라 용서해 주고 자시고 할 것도 없었고, 설령 화은설이 용서를 해준다 해도 기무결은 화를 풀 마음이 없었다.

그때, 대남현이 잔뜩 화가 난 목소리로 말했다.

"어떤 멍청이가 의창지부장이냐?"

"소, 소인입니다."

"네놈 입으로 말해봐라. 도대체 어떤 일이 있었기에 삼백만 냥을 일시에 빼겠다는 말이 나오는 것이야?"

"그, 그게 그러니까……."

소장익은 겁에 질린 표정으로 더듬더듬 당시 있었던 일을 설명해 주었다.

"그러니까 지금 화 소저의 담보 문제로 따지러 온 손님에게 오히려 화를 내고 자리를 박차고 일어났다?"

"소, 소인이 화 소저에게 약간의 망신을 준 관계로……."

"그걸 지금 자랑이라고 늘어놓는 게야? 누가 저런 멍청한 놈을 의창지부장으로 앉혀놓았느냐?"

대남현은 불같이 화를 냈다. 그의 평생 이렇게 화를 낸 적은 단 한 번도 없었다.

사실 화은설에게 망신을 준 건 그리 문제될 건 없었다.

하지만 기무결은 다르다. 상대가 엄연히 우수고객인 걸 알면서도 함부로 대한 것이 문제였다.

공갈 협박?

돼먹지 않은 소리였다.

자신 같아도 불쾌하고 더러워서 돈을 빼겠다고 할 것 같았다.

"이번 일 해결하지 못하면 네놈은 죽은 줄 알아. 전장이 입은 피해액은 네놈이 모두 물어야 할 것이다."

물론 해결해도 저런 멍청한 놈은 평생 이쪽 업계에 발을 들여놓지 못하게 만들겠지만.

대남현은 날이 밝기 무섭게 모든 장로급 인사를 거느리고 신표비응장으로 향했다.

반 시진은 더 기다린 것 같았다.

기무결은 만나겠다고 말을 하고는 일부러 반 시진 동안 모습을 나타내지 않았다.

반 시진이 일 년같이 느껴졌다. 대남현과 장로급 인사들은 얼굴에 불쾌한 기색 하나 지을 수 없었다. 당시 화은설이 반 시진 정도 기다려서야 소장익을 만났다는 것을 알고 있기 때문이었다.

"오래 기다리게 해서 죄송합니다."

"아, 아닐세. 사전에 약속도 없이 찾아온 우리 잘못이지."

"이렇게 찾아오실 필요는 없습니다. 삼백만 냥은 모두 준비가 되었습니까?"

"끙! 그렇지 않아도 그 일 때문에 찾아왔네."

대남현은 어제의 일을 고개 숙여 사과했다. 그의 뒤에 서 있던 장로급 인사들 역시 똑같이 구십 도로 허리를 숙였다.

"모든 게 전적으로 다 노부의 불찰일세. 어제 불쾌했다면 용서하시게."

"글쎄요. 제 마음이 좁아서 그런지 쉽게 용서가 되지 않는군요."

"그야 당연한 일일세."

대남현은 무조건 허리를 굽혔다.

그의 나이 칠십.

수많은 사람을 만나며 온갖 역경을 극복하고 이 자리까지 왔지만, 기무결처럼 상대하기 어려운 사람은 난생처음이었다.

정말 돈을 뺄 것 같은 기세였다.

무슨 말로도 마음을 돌이킬 것 같지 않았다.

그래서 더 무서웠다.

대남현은 등 뒤로 식은땀이 주르륵 흘러내렸다.

"어떻게 하면 자네의 마음이 풀리겠나? 화 소저에게 사과를 하라면 그리하겠네."

"그럴 필요 없습니다. 제가 원하는 것은 돈을 당장 빼주는 것입니다."

"제, 제발 한 번만 살려주게."

대남현은 급기야 기무결의 발 앞에 무릎을 꿇고 바짓가랑이를 붙잡았다.

"어어! 이거 사람 난처하게 왜 이러십니까?"

"신표비응장의 채무는 없는 것으로 하겠네."

"소생이 겨우 그깟 푼돈 때문에 이러는 줄 압니까?"

"왜 안 그렇겠나. 그냥 작은 성의 표시라고 생각해 주게. 참고로 신표비응장이 원하면 성심성의껏 지원해 준다고 약속하겠네."

이 정도면 충분히 성의 표시를 한 셈이었다.

기무결도 이 정도 갑질이면 자신의 무서움을 톡톡히 알아본 것 같았다.

"좋습니다. 장주께서 이렇게까지 말씀을 하시니 저도 화를 풀지요. 마지막으로 의창지부장은 어찌하실 생각입니까?"

"반드시 응분의 대가를 치르게 하겠네."

"알겠습니다. 장주의 성의를 생각해서 돈을 빼지는 않겠습니다."

휴!

대남현은 겨우 가슴을 쓸어 내렸다.

겨우 한 고비를 넘겼지만, 기무결의 패기에 새삼 놀라지 않을 수 없었다. 도대체 이토록 젊은 나이에 무슨 돈이 그리 많아 천하십대전장 중 하나인 대명전장을 좌지우지할 수 있는지 놀라울 따름이었다.

한편, 대명전장의 뜻은 곧바로 화은설과 신표비응장의 여인들에게 전해졌다.

그는 신표비응장의 여인들은 너무 기뻐서 펄쩍 뛰고 눈물을 흘렸다. 대명전장에서 자금도 지원해 준다고 약속을 했으니 앞으로 신표비응장이 돈 때문에 어려움을 겪을 일은 없었다.

그녀들은 화은설이 해결해 준 것으로 알고 몇 번이나 화은설에게 고마운 마음을 전했다. 그렇게 십 년 넘게 이어온 신표비응장과 화은설 사이의 응어리가 해결된 것이다.

하지만, 정작 화은설도 어찌된 영문인 지 귀신이 곡할 노릇이었다.

분명 기무결이 손을 쓴 것 같긴 한데, 어떻게 대명전장을 쥐고 흔들었기에 장주를 포함한 모든 장로급 인사가 벌벌 떠는지 황당할 뿐이었다.

그녀는 기무결에게 이유를 물어보았지만, 기무결은 그저 웃음만 지었다.

"그나저나 어제 거리에서 나를 만났을 때 말이야. 내가 의창지부장을 만나고 까인 거 알고도 모른 척한 거지?"

第五章
구룡회

一

장강을 따라 호북성에서 사천성으로 가는 여정은 한 폭의 그림처럼 아름답기 짝이 없었다.

산세가 수려하고 물결은 잔잔해서 가히 천하 비경이라 불릴 만했다.

화은설은 무림맹으로 돌아가지 않고 사천성으로 방향을 틀었다. 호북성을 넘으면 바로 무산이 나오는데, 화씨세가의 본가가 무산 일대에 있기 때문이었다.

의창에서 무산까지는 길어 봐야 사오 일 정도밖에 안 걸리는 여정이었다. 아직 행정 시험이 끝나려면 이십 일 정도 남아 있었기 때문에 시간적인 여유는 충분했다.

화은설이 본가를 찾는 건 이 년 만의 일이었다.

원래는 해마다 두 번 정도는 본가를 찾아와 장원을 정비하곤 했었는데, 최근 이 년 동안은 천무서원에서 과제도 많고 일정도 빡빡해서 좀처럼 시간을 낼 수 없었던 것이다.

아마 이번에도 행정 시험이 길어지지 않았다면 찾아올 엄두를 내지 못했을 것이었다. 물론 의창에서 한차례 홍역을 치르다 보니 본가 생각이 간절하기도 했다.

또한 신창양가장에서의 일로 인해 화씨세가가 다시금 무림에서 이름을 알리기 시작한 것을 조사전에 말하고 싶었던 것도 있었다.

화은설의 얼굴은 마치 소풍 가는 어린아이처럼 들떠 있었다.

기무결은 생각에 잠겨 말없이 강물만 쳐다보았다.

신창양가장에서 남궁민이 죽기 직전에 중얼거리던 말이 아직도 귓가에 쟁쟁했다.

'버, 범죄 자문 책… 사! 네, 네놈의 계획은 틀렸다.'

죽기 직전에 한 말이기에 모기 소리보다 더 작았다.

하지만 기무결의 귀에는 천둥소리보다 더 크게 들렸다.

'범죄 자문 책사라고?'

기무결이 어찌 그를 잊겠는가?

그자의 특이한 이력도 이력이지만, 범죄 수법에 달통한 그자의 행적은 한 번이라도 경험한 사람이라면 누구도 잊기 어려울 것이었다.

그래서였다.

그자가 이번 일에 끼어 있었을 줄은 꿈에도 생각 못한 일이었다. 남궁세가는 명문 정파였고, 범죄 자문 책사는 전문적으로 범죄를 자문해 주는 악당인 것이다.

이 둘 사이에는 그 어떤 접점도 없었다. 한데 황당하게도 남궁세가에서 범죄를 자문받았다면 다른 곳도 그러지 말라는 법이 없었다.

그렇다고 기무결이 무림을 걱정해서 마음이 무거운 것은 아니었다.

오히려 무림이야 어찌 되든 말든 그와는 상관없는 일이었다. 다만 언제고 다시 한 번 범죄 자문 책사라는 자와 만날 것 같은 예감이 들었기 때문이었다.

세상 무서울 것 없는 기무결이었지만, 범죄에 달통한 범죄 자문 책사만큼은 만만치 않게 느껴졌던 것이다.

二

화은설은 배를 타고 오는 내내 기무결에게 박투술을 펼치는 데 필요한 내공심법을 가르쳐 주었다. 시간은 며칠에 불과

했지만, 그것만으로도 충분했다.

기무결의 무공은 아직 완벽한 것이 아니었다.

그녀가 초식만 가르쳐 주었기 때문이었고, 그 부작용은 비무를 벌이는 동안 곳곳에서 발견할 수 있지 않았던가?

만약 기무결이 내공심법을 알고 있었다면 박투술의 위력은 열 배는 더 강해졌을 것이었다.

원래 명문세가는 외인을 제자로 받아들이지 않는 것이 불문율이지만, 더 이상 기무결은 외인이 아니었다. 화은설은 어쩌면 기무결이야말로 화씨세가의 마지막 전승자라는 생각마저 들었다.

기무결은 모르는 것이 있으면 즉각 화은설에게 물었고, 막히는 부분이 있으면 화은설과 함께 연구했다.

화은설도 모든 부분에서 오의를 깨우친 것은 아니었다. 내공심법이 워낙 심오한 현기를 품고 있어서 모르는 부분이 많았다. 그렇게 기무결과 함께 연구를 하다 서로 배워갔다.

기무결은 그녀에게 천지기하천하무적공을 가르쳐 주었다. 화은설은 처음엔 무척 낯설어했다. 중원의 그 어떤 무공도 혈도와 혈도 사이에 선을 잇는 방식으로 운기행공을 하는 방법은 없었던 것이다.

하지만 점점 운기행공을 할수록 천지기하천하무적공의 수련 방식에 적응을 해갔고, 조금씩 그 위력에 놀라기 시작했다.

"이, 이게 도대체 무슨 무공이야?"

기무결은 차마 자신이 고금오대정종무공의 비밀을 풀었다는 말은 할 수 없었다.

"일전에 말한 적이 있지 않습니까? 어떤 영감에게 무공만 배웠을 뿐 이름은 저도 자세히는 모른다고. 어떻게, 쓸 만합니까?"

"쓸 만하다 뿐이야? 단지 며칠 운기행공을 했을 뿐인데도 공력이 조금 높아진 기분이야."

확실히 그녀의 단전에는 변화가 있었다.

그 차이가 그리 크진 않지만, 그래도 반년 정도는 꾸준히 운기행공을 해야 나타날 수 있는 변화였기에 화은설의 놀라움은 이루 말할 수 없을 정도였다.

그렇게 평화로운 여정이 계속 되는 날이었다.

그날은 아침부터 몇 척의 배가 지나갔고, 그 배들 안에는 하나같이 허리춤에 검을 찬 무림인들이 타고 있었다.

지난 며칠 동안 아무 배도 지나간 적이 없는 것을 감안하면 무척 이례적인 일이었다.

"사공, 이 근방에 무슨 일이 벌어졌나요?"

"아마 저들은 구룡회의 고수들일 것이네."

"구룡회?"

화은설이 고개를 갸웃거렸다가 이내 눈빛을 반짝거렸다.

생겨난 지 얼마 되지 않은 신흥 방파였지만, 대파산 일대를 중심으로 무섭게 세력을 확장해 나가고 있다는 소문을 얼핏 들은 기억이 있었다.

구룡회는 여덟 명의 회주가 있고, 그 위로 한 명의 태상회주가 있다고 한다. 아무튼, 그들 아홉 명의 회주는 모두 의형제였고, 그들이 의기투합해서 만들어낸 것이 구룡회였던 것이다.

"대파산이라면 북쪽 끝자락에 있는 곳이 아닌가요?"

그런 구룡회가 굳이 무산 일대까지 내려와 활동을 한다는 것이 못내 이상한 일이었다.

"한마디로 세력 확장인 셈이오. 십여 년 전에 화씨세가가 몰락한 이후 무산 일대는 그야말로 무주공산으로 변했으니까 말이지."

사공은 육십 대 노인으로 제법 자세한 사정까지 알고 있었다.

노인에 따르면 최근 구룡회는 무산 일대의 땅을 마구잡이로 사들이고 있다고 한다.

이것을 세력 확장의 한 방편으로 생각한 사천당문과 아미파 그리고 청성파가 경고를 보냈지만, 구룡회는 아랑곳하지 않고 무산 일대의 땅을 사들이던 일을 멈추지 않고 있었다.

구룡회 입장에서는 사천당문과 아미파 그리고 청성파의 경고를 마냥 흘려들을 수 없었다. 그들은 모두 초거대 세력이었다. 사천당문은 육문칠가 중 당당히 일문에 속해 있었고,

청성파와 아미파는 구파일방 중 각각 한 자리씩을 차지하고 있었던 것이다.

어지간한 문파나 방파라도 오금이 저려야 마땅했다.

하지만 구룡회는 결코 세력 확장이 아니라는 변명만 늘어놓고는 계속 무산 일대의 땅을 사들였다.

그것이 끝내 사천당문과 아미파 그리고 청성파의 심기를 자극하고 말았다. 이제 막 입지를 다져 가던 구룡회 입장에서는 사천성 내에서 절대 부딪치지 말아야 할 곳 중 세 곳 모두와 마찰을 일으킨 것이다.

'흐음. 이상한 일이군.'

기무결이 눈살을 찌푸렸다.

세력 확장을 하면서 땅을 사재끼는 경우도 있었나?

확실히 이상한 부분이 많았다. 더구나 멀리 떨어진 곳에서 하필 무산 일대의 땅만을 고집하고 있는 것은 알 수 없는 일이었다.

三

화씨세가의 본가는 터가 넓고 건물도 많았다. 또한 전각도 수십 채나 있어서 관리하는 것이 쉽지 않았다. 하지만 장원에서 일하던 하인들과 시녀들은 예전에 모두 떠나고 지금은 칠십이 넘은 노복 한 명만이 지키고 있었다.

노복 혼자 화씨세가의 본가를 관리하는 건 여간 어려운 일이 아니었다.

그래도 그 넓은 화씨세가를 매일 청소하고 관리한 덕분에 화은설은 여간 힘이 된 것이 아니었다.

화은설은 항상 노복에게만 본가를 맡기는 것을 미안해했지만, 그때마다 노복은 화은설을 위로하며 격려해 주곤 했었다.

다른 사람들이 모두 화씨세가를 배신해도 늙은 노복만은 절대 그럴 수 없었다.

그도 그럴 것이 그가 아주 어렸을 무렵, 화은설의 할아버지였던 화운의 도움이 없었다면 그는 벌써 굶어 죽었을 것이었다.

한데 어떻게 된 일인지 지금은 처마가 부서지고 잡초가 무성하게 자라 을씨년스러운 모습을 연출하고 있었다.

화은설은 한동안 망부석이라도 된 것처럼 꼼짝도 할 수 없었다.

이건 폐가나 마찬가지였다. 본가가 이렇게 될 때까지 방치되고 있었을 줄은 꿈에도 생각 못했다.

하지만 누굴 탓할 일이 아니었다. 지난 이 년 동안 바쁘다는 이유로 본가를 찾아오지 못했으니 자신의 잘못이 가장 컸던 것이다.

"초 노!"

화은설이 노복의 이름을 부르며 장원을 돌아다녔다.

당시 하인들은 이름이 없었다. 그냥 성 앞에 노인이란 뜻을 붙이면 그게 이름이 되는 것이었다.

초 노인은 거동하기 불편해 자신의 처소에서 누워 있다가 화은설의 목소리를 듣고는 어디서 그런 힘이 났는지 문을 벌컥 열고 밖으로 나왔다.

"아, 아가씨!"

"초 노! 어디 아픈 거야?"

화은설은 왠지 눈물이 흘러내릴 것만 같았다.

이 년 동안 못 본 사이 초 노인이 부쩍 늙어 보였던 것이다.

"아가씨, 이 일을 어찌하면 좋습니까?"

초 노인은 감정이 북받쳐 올랐는지 눈물을 흘렸다.

"그게 무슨 소리야? 초 노, 울지 말고 천천히 말해봐."

"그, 글쎄 구룡회 놈들이… 본가를 팔라고 계속 협박을 해오고 있지 뭡니까?"

초 노인은 이를 갈았다.

그의 주름진 얼굴에 분노가 피어올랐다.

구룡회에서 단순히 협박만 하고 있는 것이 아니었다.

그들은 수시로 사람을 보내 초 노인이 본가를 관리하지 못하게 방해하고 괴롭혔다.

본가를 폐가처럼 만들어 집값을 대폭 떨어뜨리려는 수작이었다. 화씨세가의 본가가 워낙 크고 넓은데다 전각과 건물도 많아서 이를 사들이려면 족히 이삼십만 냥은 필요했다.

하지만 본가를 폐가로 만들어 집값을 떨어뜨리면 몇만 냥으로도 충분히 살 수 있었다. 거의 십분지 일 수준인 셈이었다.

이게 바로 본가가 오랫동안 관리되지 못하고 방치되어 온 이유였다.

누구보다 건강했던 초 노인이었지만, 구룡회의 의도를 알고 화병이 치밀어 거동하기도 어려운 신세로 전락하고 말았다.

"으으, 그게 정말이야?"

화은설의 눈에서 불통이 튀었다.

구룡회가 무산 일대의 땅을 마구잡이로 사들이고 있다는 말은 들었지만, 설마 화씨세가의 본가마저 욕심을 내고 있을 줄은 몰랐던 일이었다.

하긴, 사천당문과 아미파 그리고 청성파의 협박에도 굴하지 않고 땅을 사들이는 자들이니 이미 몰락할 대로 몰락한 화씨세가가 눈에 들어올 리 없었을 것이다.

화은설이 입술을 질끈 깨물었다.

바람이 불지 않는데도 그녀의 몸이 부들부들 떨리고 있었다. 이것이야말로 화씨세가의 현실을 적나라하게 말해주고 있는 일이나 다름없는 것이다.

하나 그녀는 속으로 화를 삼켰다.

예전 같았으면 길길이 날뛰다 못해 당장 분을 참지 못하고 구룡회로 쳐들어갔을 것이었다.

하지만 이제는 강호에서 경험을 쌓았고, 먼저 흥분하면 결코 좋을 게 없다는 것을 깨달았기 때문이었다.

그녀가 기무결을 돌아보며 물었다.

“어떡하지? 도대체 그자들의 의도가 무엇일까?”

“흐음.”

기무결이 잠시 생각에 잠겼다.

사실 그는 사공에게 얘기를 들었을 때부터 나름 짐작되는 바가 있었다.

하나 자신과 상관없는 일에 굳이 심력을 쏟고 싶지 않아 한쪽으로 밀어두었던 것이다.

“아마 두 가지 가정 중 하나일 가능성이 높습니다.”

“두 가지 가정?”

기무결이 너무 쉽게 대답을 하자 화은설의 눈에 감탄의 빛이 떠올랐다. 항상 이런 식이었다. 그녀는 몇 날 며칠 골머리를 썩도록 고민을 해도 정답은커녕 그 근처에도 가지 못하는데, 기무결의 대답은 너무 쉬워서 물어본 사람이 당황할 정도였다.

“그 두 가지라는 게 뭐죠?”

이번에는 영영도 관심을 나타냈다.

그녀의 눈빛은 어느 때보다 초롱초롱 빛나고 있었다.

四

"만약 두 분은 우연한 기회에 어떤 지역에 대규모 투자가 들어와 발전한다는 정보를 입수했다면 어쩌시겠습니까?"

"그게 갑자기 무슨 소리야?"

"예를 들어 아무도 모르는 정보를 두 분만이 얻었다고 가정을 하는 겁니다."

"그럼 당연히 땅부터 사겠지. 개발이 되면 가장 먼저 땅값이 오를 테니 말이지."

"바로 그겁니다."

"그게 무슨… 아!"

화은설과 영영은 지금 기무결이 무슨 말을 하는지 깨닫고 탄성을 터뜨렸다.

확실히 기무결의 말은 설득력이 있었다. 구룡회가 멀리 떨어진 무산 일대의 땅을 사들이는 건 부동산 투기로밖에 보이지 않았다.

기무결은 한때 지역 유지들과 정보를 교환하며 돈을 벌며 지내지 않았던가? 돈 있는 자들의 정보력이 앞선다고 하면 충분히 있을 수 있는 가정이었다.

"그럼, 두 번째 이유는 뭐야?"

"그것도 가정법으로 예를 들죠. 만약 두 분이 우연한 기회에 보물지도를 얻었다고 하죠. 한데, 막상 보물을 찾으려고 하니까 그 위에 일반 마을이 들어서 있고, 사람들이 살고 있는 겁니다. 설상가상으로 지형까지 바뀌어 있어서 정확한 위치를 모릅니다. 그럼 어쩌시겠습니까?"

이 말을 할 때는 기무결도 약간 마음이 찔렸다.

그도 그럴 것이 지금 자신이 처한 상황과 비슷했기 때문이었다.

"일단 보물의 가치가 어떠냐에 따라 달라지겠지만, 막대한 양의 보물이 묻혀 있다면 당연히 그 일대의 땅을 사들이겠지."

"후훗!"

기무결은 말없이 웃고 있었지만, 그것으로 대답은 충분한 셈이었다.

"아!"

화은설은 입을 쩍 벌렸고, 영영은 멍하니 넋을 잃었다.

"여, 역시 너는 천재야. 나는 죽었다 깨어나도 이번 일에 부동산 개발 정보가 엮일 수도 있다는 생각은 하지 못할 거야."

어찌 그녀뿐이겠는가?

어지간한 사람도 감히 생각할 수 없는 일이었다.

하지만 아직은 가정에 불과했다.

두 가지 가정 중 하나일 수도 있지만, 어쩌면 둘 다 아닐 수도 있었다. 그래도 기무결은 분명 돈과 결부된 그 무엇이란 확신은 들었다. 그것이 아니라면 사천당문과 아미파 그리고 청성파의 협박에도 불구하고 계속 땅을 사들이는 모험을 할 리 없기 때문이었다.

"두 분은 어떻게 하시겠습니까?"

"뭐가?"

"보물이 묻혀 있다면 가만히 구경만 할 수 없는 일일 테고, 부동산 개발 정보라도 역시 막대한 돈이 걸려 있을 테니 이 역시 가만히 있을 수 없지 않겠습니까?"

참새가 방앗간을 그냥 지나칠 수는 없는 법.

기무결은 보물지도 한 장 때문에 인생이 꼬일 대로 꼬인 상황이었다.

한데도 새로운 보물을 손에 넣을 수 있는 기회가 생기자 바로 욕심을 드러낸 것이다.

"서, 설마 구룡회의 손에서 빼앗자는 거야?"

화은설은 깜짝 놀라 두 눈을 크게 치떴다.

자칫 잘못하면 구룡회와 시비가 붙어 전쟁이 벌어질 수도 있었다.

하나, 그것도 잠시.

구룡회 놈들이 본가를 협박해서 빼앗으려고 하는 마당에 자신들이라고 못할 것이 없었다. 이에는 이, 눈에는 눈이었다. 구룡회가 야비한 수법으로 본가를 빼앗으려 한다면 자신

역시 그렇게 하지 말라는 법도 없었다. 더구나 구룡회와 시비가 붙을 것이 무서워 그냥 물러선다면 그건 화은설이 아니었다.

"한데, 놈들 손에서 빼앗을 수는 있는 거야?"

五

무산에 풍운이 일고 있었다.

그건 구룡회가 사천당문과 아미파 그리고 청성파의 경고를 무시하고 계속 땅을 사들이면서 어느 정도 예견된 일이었다.

하지만 최근에 와서 상황이 급변하기 시작했다.

사천당문에서 더 이상 구룡회의 행동을 좌시하지 않고 제자들을 무산으로 급파했던 것이다.

선봉에 서서 무리를 이끈 사람은 만천화우 당진이었다.

당진은 사천당문에서 배출한 최고의 고수였다.

그는 각종 암기에 능하고 용독술에도 절정의 재주를 지닌 무서운 고수였다.

원래 사천당문은 암기를 제작하고 사용하는 데 있어서 천하제일의 능력을 지니고 있었다. 게다가 독을 다루는 데도 탁월해서 절정고수라 해도 사천당문과는 가급적 원한 살 만한 행동은 하지 않으려고 할 정도였다.

당진은 이제 갓 삼십이 넘은 나이에 사천당문의 모든 절기에 두루 능통했다. 그의 이력은 화려하다 못해 천하를 진동했다.

삼 년 전에는 절정의 고수였던 마검 흑무기를 이백 초 만에 죽였고, 이 년 전에는 절정고수였던 광도와 혈불을 백 초 만에 죽였다. 그리고 일 년 전에는 소뢰음사의 고수를 세 명이나 죽인 적이 있었다.

당진의 무공은 급속도로 발전해 나갔다.

마검 흑무기는 무림에서 악명이 높은 고수였다.

하지만 광도와 혈불에 비하면 약간 부족한 것이 사실이었다.

한데 당진은 불과 일 년 만에 광도와 혈불을 동시에 죽였으니 그의 무공이 얼마나 발전했는지를 알 수 있는 대목이었다.

특히 소뢰음사의 고수들이 압권이었다. 그들은 하나같이 절정의 공력을 지닌 무서운 고수였다. 오죽했으면 그들의 포악하고 잔인한 심성을 알면서도 그 누구도 쉽게 처단하겠다고 나서지 못했을까?

당시 당진도 그들과 직접 시비가 붙지 않았다면 굳이 그들을 죽이는 일까지는 없었을 것이라고 알려져 있었다.

아무튼, 소뢰음사의 고수들은 체면을 불구하고 세 명이 합공을 펼쳤지만, 당진의 손에서 백 초를 버티지 못하고 죽고 말았다.

하지만 더 무서운 것은 그들 세 명이 각기 다른 절기로 죽었다는 것이었다.

한 명은 독에 중독이 된 채 온몸이 온통 시커멓게 변해 있었고, 다른 한 명은 당진의 성명절기와도 같은 암기 수법에 당해 죽었다. 그리고 마지막 세 번째는 온몸의 뼈란 뼈가 모조리 부러진 채 죽었다고 했는데 이는 사천당문에서 자랑하는 삼양수였다.

삼양수는 금나수법으로 상대의 수법을 잡아채 관절을 꺾거나 급소 부위를 공격하는 무서운 무공이었다.

흔히 무공은 척타솔나로 대변된다.

척은 발차기이고, 타는 손이나 팔꿈치로 때리기, 그리고 솔은 상대의 힘을 이용해 몸을 집어 던지는 것으로 사량발천근이 이에 해당된다고 볼 수 있었다. 마지막으로 나가 관절을 꺾는 금나수인데, 익히는 것도 어렵지만, 절정의 기량으로 올라서는 것은 더욱 어렵다고 알려져 있었다.

그런 당진이 직접 나선 것이다.

천하의 이목이 쏠리게 된 것도 무리는 아니었다.

사천당문에서 당진이 나선 이상 구룡회와 전쟁이 벌어지는 건 결코 피할 수 없을 터였다.

하루에도 수십 수백 개의 사건 사고가 일어나는 강호 무림이라지만, 최근 신창양가장에 이어 또다시 무산 일대에 풍운이 일고 있으니 사람들은 흥분으로 견딜 수 없을 지경이었다.

그도 그럴 것이 구룡회도 그리 만만한 곳은 아니었다.

구룡회가 생겨난 것은 불과 몇 년 전 일이었지만, 그들이 이룩한 것은 거의 결코 작은 일이 아니었다.

당시만 해도 대파산 일대를 주름잡던 수십 개의 문파가 구룡회의 손에 박살이 나고 무릎을 꿇어 지금은 흔적을 찾기도 어려웠다. 그 과정에서 구룡회는 상당수 고수를 흡수했고, 정사를 가리지 않고 전대 고수들을 초빙해서 무섭게 세력을 확장해 나갔다.

"구룡회에서 과연 땅을 사는 것을 포기할까?"

"사천당문과 전쟁을 벌일 게 아니라면 못 이기는 척하고 포기하겠지."

"글쎄. 지금 와서 당진의 명성에 놀라 포기할 거라면 처음부터 시작하지도 않지 않았을까?"

"하긴, 구룡회 입장에서도 뭔가 믿는 구석이 있으니까 사천당문과 아미파 그리고 청성파에서 경고를 보냈는데도 계속 땅을 사들인 것이겠지."

사람들의 의견은 분분했다.

하나 구경하는 입장에서는 확실히 흥미로운 일이 아닐 수 없었다.

"그나저나 자네들 생각에는 구룡회에서 땅을 사들이는 이유가 무엇인 것 같나?"

"그거야 당연히 대파산 일대를 평정했으니 무산 일대로 눈을 돌려보자는 수작이겠지."

"일각에서는 이런 식으로 사천당문과 아미파와 청성파의 심기를 건드려 전쟁을 벌이려는 것이 아닌가 하는 풍문도 떠돌고 있는 실정이네."

"사천성의 무림을 평정하려면 결국 사천당문과 아미파와 청성파를 넘어야 하긴 하지."

만약 그게 사실이라면 정말 무서운 일이었다.

그건 지금까지 알려진 구룡회의 전력과는 전혀 달라지기 때문이었다.

하지만 누구도 기무결처럼 생각하는 사람은 없었다.

어쩌면 이런 생각들이 더 자연스러운 현상인지도 몰랐다.

아무튼, 이유가 어찌 되었든 사천당문과 아미파와 청성파 입장에서는 자존심이 상하는 일이었다. 구룡회에서 사천당문과 아미파와 청성파를 그리 신경 쓰지 않는 건 확실했다. 그것이 더 사천당문의 심기를 건드렸고, 결국 당진까지 나서게 된 이유였던 것이다.

第六章 아미삼봉

一

진미객잔은 무산 일대에서 가장 규모가 큰 객잔이었다.

점심때에도 각지에서 몰려든 손님들로 정신이 없지만, 저녁이 되면 더욱 바쁘다.

기무결이 진미객잔에 들어선 것은 한창 손님들로 붐빌 때였다. 객잔에 들어서는 순간 사람들의 왁자지껄하는 소리로 정신이 없을 정도였다.

그래도 때마침 빈자리가 있어서 기다리지 않고 자리에 앉을 수 있었다.

그는 대충 몇 가지 요리를 주문하고 화은설을 기다렸다.

그들은 두 가지 가설 중 각자 한 가지씩 맡고 오전에 헤어

졌었던 것이다.

기무결이 맡은 건 부동산 개발 정보가 맞는지 확인하는 것이었다. 그는 하루 종일 발품을 팔고 다녔지만, 부동산 개발 정보는 아닌 것 같았다. 이런 고급 정보는 일반 백성들은 죽었다 깨어나도 미리 입수하기 어렵다.

하나 지역 유지들에게는 예외였다. 특히 황실에 연줄이 닿은 사람은 두말할 나위도 없었다. 때문에 기무결은 무산 일대의 지역 유지들을 주의 깊게 살펴보았는데, 그 누구도 땅을 사들이거나 개발과 관련된 정보를 주고받는 사람이 없었다. 가장 민감하게 반응해야 할 지역 유지들이 아무 움직임이 없다는 건 개발 자체가 없다고 봐도 무방했다.

그때, 화은설이 객잔으로 들어섰다.

그녀는 두리번거리며 객잔을 둘러보다가 한쪽 구석에서 기무결을 발견하고 손을 흔들었다.

"벌써 와 있었네."

그녀가 피곤한 듯 자리에 철푸덕 주저앉았다.

그때 점소이가 음식을 가지고 왔다.

화은설은 음식을 보는 순간 눈빛이 달라졌다.

그녀는 도저히 여인이라고는 할 수 없을 정도로 게걸스럽게 음식을 먹었다.

"가… 았었던 일은 어찌 되었어?"

음식이 입안 가득 있어서 발음도 부정확한 데다 말을 할 때마다 음식물이 밖으로 튀어나왔다.

기무결은 기겁을 하고 자신의 음식에 부산물들이 튀지 못하게 한쪽 구석으로 치워놓았다.

얼굴은 선녀보다 더 아름다운 여인이 털털하기로는 천하제일이었다. 하긴, 그녀의 방이 그렇게 지저분했던 이유가 달리 있을 리 없는 것이다.

기무결은 도저히 지저분해서 같이 밥을 먹을 수 없을 지경이었다. 그는 자신의 음식에 부산물이 튀지는 않았는지 확인하면서 조사했던 일을 자세히 설명해 주었다.

"그렇다면 결국 보물일 가능성이 높다는 소리네?"

"일단은 그렇다고 봐야죠. 그나저나 알아보라고 한 건 어떻게 됐습니까?"

"여기 있어."

화은설이 품속에서 지도 한 장을 꺼내 식탁에 길게 펼쳤다.

그때는 이미 식사를 다 끝낸 뒤였던 것이다.

화은설이 내민 지도에는 무산 일대의 지형이 그려져 있었다. 그리고 지도 위에는 이십여 개의 점이 찍혀 있었다. 어떤 곳에는 몇 개의 점이 다닥다닥 붙어 있는가 하면 어떤 곳은 하나씩 띄엄띄엄 떨어져 있었다.

그건 바로 구룡회에서 사들인 땅을 조사한 지도였다.

화은설이 아침부터 마을을 돌아다니며 마을 사람들에게 일일이 확인하고 조사한 것이었다. 오늘 하루에만 몇백 명의 마을 사람을 만나 조사를 했으니 피곤하기도 할 터였다.

"시키니까 하긴 했는데, 이건 뭐에 쓰려고 알아보라고 한 거야?"

"구룡회에서 사들인 땅의 분포도를 보면 보물 때문인지 아닌지 알 수 있을 겁니다."

"분포도?"

"지형이 바뀌었다면 의심 가는 곳이 틀림없이 몇 군데 있을 겁니다."

"그렇겠지."

어떤 곳은 논이나 밭이 될 수가 있고, 어떤 곳은 사람들이 살고 있는 집일 수도 있었다.

"그렇다면 의심 가는 지역을 중심으로 구룡회에서 사들인 땅이 모여 있지 않겠습니까?"

기무결은 그걸 분포도라 가리켰던 것이다.

"그럼, 이게 분포도를 알아보기 위한 것이었어?"

"그런 셈이죠."

기무결은 지도를 보고 살며시 얼굴을 찌푸렸다.

자신이 생각했던 것과 전혀 달랐다. 몇 개의 지역을 중심으로 점들이 모여 있을 줄 알았는데 그게 아니었던 것이다.

"으음. 이건 좀 이상하군."

분포도가 정확하다면 이건 결코 보물을 찾기 위한 것이 아니었다.

기무결은 갑자기 미궁에 빠진 기분이었다. 그는 틀림없이 두 가지 가설 중 하나일 것이라고 확신하고 있었던 것이다.

그렇다면 구룡회가 땅을 사들이는 목적이 뭐지?

기무결이 속으로 의아해하고 있을 때였다.

저벅저벅!

문득 그들의 식탁으로 삼십 대 초반의 청년이 다가오는 것이 아닌가?

청년은 깡마른 체구에 신경질적으로 생긴 얼굴을 하고 있었지만, 눈빛이 날카롭고 전신에서 잘 벼려진 칼날처럼 예리한 기운이 흘러나오고 있었다.

二

"만천화우다."

객잔이 크게 술렁거렸다.

"사천당문의 그 당진?"

"저런 특이한 모습을 한 사람이 천하에 당진 말고 또 누가 있겠나?"

누군가 당진을 알아본 것이다.

사람들이 경악한 표정으로 일제히 당진을 쳐다보았다. 소문으로만 들었던 초절정고수인 당진을 실제로 보는 건 그리 흔치 않은 기회였던 것이다.

하지만 겁에 질려 슬금슬금 뒷걸음질 치는 사람도 있었다. 당진이 마음만 먹으면 이곳에 있는 사람들은 쥐도 새도 모르게 중독이 되어 죽을 수 있기 때문이었다.

그러거나 말거나 당진은 개의치 않고 시선을 화은설에게 고정했다.

"그대가 화은설 소저요?"

"그래요. 명성이 자자한 당 공자께서 나를 찾아올 줄은 몰랐군요. 한데, 우리는 만난 적이 없는데 나를 어떻게 알아보았죠?"

"화 소저가 본가로 왔다는 소문을 듣고 하루 종일 수소문했소."

그다음 말을 하진 않았지만, 화은설을 알아보는 건 그리 어렵지 않았다.

세상에 아름다운 미녀는 많지만, 화은설처럼 경국지색의 미녀는 그리 많지 않았다.

화은설은 속으로 쓴웃음을 지었다.

그녀가 온 것은 어제였으니 소문 참 빠르다는 생각이 들었다. 어쩌면 이것도 신창양가장에서 기무결이 명성을 떨쳤기 때문일 것이다. 아마 예전 같았다면 그 누구도 그녀의 행보에 관심을 가지려 하지 않았을 테니 말이다.

한편, 그때까지도 당진은 자리에 서 있었다.

화은설이 실례를 깨닫고 자리를 권했다.

당진이 사양하지 않고 자리에 앉자 화은설이 손으로 기무결을 가리키며 말했다.

"이쪽은 화씨세가의 유일한 전승자라 할 수 있는 사람이에요. 이름은 기무결이라 하죠."

화은설은 이제 더 이상 기무결을 마부라고 말하지 않았다.

순간 영원히 무표정할 것 같던 당진의 눈빛이 반짝거리며 기무결을 쳐다보았다.

그렇지 않아도 소문을 듣고 호기심이 일던 참이었다.

천하에 기인이사가 모래알처럼 많다지만, 기무결처럼 삽시간에 명성을 얻은 사람도 그리 흔치 않을 터였다.

하지만 소문을 전부 믿는 건 아니었다.

강호에 떠도는 소문은 대부분 부풀려지게 마련인데다 자신의 눈으로 직접 보기 전에는 믿기 어려운 것도 사실이었다.

"당진이라 하오."

당진이 고개만 까딱였다.

그리고는 다시금 시선을 화은설에게 돌렸다.

호기심이 일던 그의 눈빛도 어느새 무표정하게 돌아와 있었다.

"당 공자께서 무슨 일로 나를 찾아오셨죠?"

화은설이 궁금한 표정으로 물었다.

"단도직입적으로 말하겠소. 화씨세가의 본가를 사천당문에 넘기시오. 값은 후하게 쳐주겠소."

당진의 말에 화은설의 안색이 홱 변했다.

"무례하군요. 방금 그 말은 못 들은 것으로 하죠."

"화 소저는 구룡회에서 왜 무리를 해가면서까지 무산 일대의 땅을 사들이고 있다고 생각하시오?"

"그거야……."

"말하기 좋아하는 자들은 구룡회가 세력을 확장하기 위한 움직이라고 생각하고 있고. 일각에서는 사천당문과 아미파와 청성파의 심기를 건드려 전쟁을 벌이려는 음모일지도 모른다고 생각하고 있소."

"그럼, 그게 아니라는 말인가요?"

화은설은 시치미를 떼고 물었다.

"우리도 처음엔 그런 줄 알았소."

"그런데 아니라는 소리군요."

"그렇소. 이번 일은 보물과 관련된 것이 틀림없소."

화은설이 당황한 표정으로 기무결을 쳐다보았다. 자신들 말고도 이런 생각을 가진 사람이 또 있을 줄 몰랐던 것이다.

"의외로군요. 사람들은 그렇게 생각하지 않고 있잖아요."

"사실 조금만 깊이 생각해도 놈들의 의도를 짐작할 수 있소. 지금 무산에 와 있는 구룡회의 사람은 열 명이 조금 넘는 수준이오. 그자들이 땅을 사들이고 있는 것인데, 처음부터 전쟁을 계획한 것이라고 하기에는 턱없이 부족한 인원이오."

그랬다.

사천당문에서는 뒤늦게 구룡회에서 파견한 인원에 주목을 했고, 거기에서 전쟁을 벌이려는 수작이 아니라는 것을 확신했던 것이다.

"이제 알겠소? 구룡회에서 오래전부터 화씨세가의 본가를 눈독 들이고 있었다고 하오. 그렇다는 건 그곳이 무척 중요하다는 증거 아니겠소?"

"흥, 결국 사천당문에서도 보물을 노리고 있다는 소리로군요."

"화 소저가 뭔가를 오해한 모양인데, 우린 단지 구룡회가 보물을 찾지 못하게 막으려는 것이오. 그자들이 보물을 찾으면 세력을 확장하는 데 더욱 열을 올리게 될 것은 불을 보듯 뻔한 일이니까."

"그거야 모를 일이죠. 더 이상 그대와는 할 얘기가 없는 것 같군요."

화은설이 축객령을 내렸다.

당진이 순순히 자리에서 일어섰다.

하지만 화은설을 얼굴을 쳐다보며 한 자 한 자 힘을 주어 말했다.

"마지막으로 한마디 하자면 이건 결코 제안이 아니오. 그대들 힘으로 과연 구룡회의 마수로부터 본가를 지켜낼 수 있을 것 같소?"

"뭐라구요?"

화은설이 자리를 박차고 일어섰다. 그녀의 얼굴에 세찬 경련이 일었다. 한마디로 구룡회에게 빼앗길 것이니 자신들에게 본가를 넘기라는 치욕적인 소리였던 것이다.

"내가 그대의 독공을 무서워할 줄 알아요?"

"오늘은 화 소저와 싸우려고 온 것이 아니요. 시간을 갖고 천천히 생각하다 보면 내 제안이 호의에서 비롯된 것이라는 것을 깨닫게 될 것이오."

당진이라고 화씨세가가 두려울 리 없었다.

오히려 첫 대면이라 그나마 정중하게 자신의 마음을 표현하고 돌아선 것만으로도 예를 다한 셈이었다.

사천당문은 암기와 독공으로 무림의 일문으로 올라섰고, 그들의 능력은 모두가 꺼려하는 것이었다. 당연히 그 자부심은 하늘을 치솟을 정도였고, 그 누구도 안중에 들어올 리 없는 것이다. 하물며 몰락한 지 한참이 지난 화씨세가는 두말할 나위도 없었다.

화은설은 분노와 수치심으로 뒤섞인 얼굴로 부들부들 떨고만 있었다.

객잔에는 수많은 눈과 귀가 지켜보고 있었다. 그들이 있는 가운데 당진은 대놓고 화씨세가를 모욕하고 유린한 것이다.

그녀는 입으로는 두렵지 않다고 말했지만, 사실 당진의 독공과 암기가 꺼려져서 결국 아무런 손도 쓸 수 없었다. 그것이 더 그녀를 절망스럽게 만들었다.

기무결은 다른 생각에 빠져 있었다.

모든 일이 자신의 예상과는 크게 어긋나고 있었다.

사천당문에서 보물이라고 생각했다면 다른 곳도 그런 생각을 하지 못했으리란 법이 없었다.

자신도 처음에는 보물이라고 생각하지 않았던가?

그렇다면 아미파나 청성파 역시 구룡회의 의도가 보물이라 단정 짓고 화씨세가의 본가를 노리지 말라는 법도 없었다.

'이거 왠지 일이 요상하게 돌아가는 기분이군.'

결국 화씨세가만 곤란한 지경에 처하게 될 것이었다.

그리고 모든 이목이 화씨세가에 쏠리게 될 것은 불을 보듯 뻔한 일.

처음에는 간단해 보였던 일이 생각보다 복잡하게 얽혀 있다는 것을 깨닫는 순간이었다.

三

삼경이 훌쩍 지난 야심한 시각이었다.

마을 외곽에 허름한 장원 한 채가 있었다.

오랫동안 사람이 살지 않아서 폐가로 방치된 곳이었는데, 최근 구룡회의 인물들이 땅을 사들이기 위해 임시 거처로 사용하고 있었다.

가뜩이나 당장에라도 귀신이 나올 것처럼 음산한 기운이

풍겨져 나왔는데, 당연히 해가 지고 주변이 어두워지면 장원은 더욱 을씨년스러운 모습으로 변해서 마을 사람들은 얼씬거리지 않았다.

그때였다.

휘익!

문득 어둠을 뚫고 한 개의 인영이 한 줄기 연기처럼 스며들어 가는 것이 아닌가?

귀신같이 날렵하고 민첩한 움직임이었다.

곳곳에 경계를 서는 자들이 있었지만, 가히 무인지경이었다.

그 인영은 흔히 잠입할 때 사용하는 주변의 경물을 이용해 은신하고 은폐하는 개념을 뛰어넘었다. 그 인영은 바람과 구름을 이용해 신형을 감추기도 하고 움직이기도 했다.

그랬다.

천하에 이토록 신묘한 솜씨를 가진 사람은 오직 한 명.

바로 기무결 한 명뿐이었다.

그가 구룡회의 의도를 알아내기 위해 직접 움직인 것이다.

이미 천무은형잠종대법이 삼 단계에 올라선 상태였고, 은신과 잠입에 관련해서는 천하에 천무은형잠종대법을 능가할 무공은 없다고 할 수 있었다.

문득 저 멀리 전각에 등불이 밝혀져 있었다.

기무결이 망설이지 않고 전각을 향해 몸을 날리려는 순간이었다.

어디선가 희미하게 옷자락 스치는 소리가 들려오는 것이 아닌가?

기무결이 깜짝 놀라 풍형을 펼쳐 바람 속에 몸을 숨겼다.

처음에는 혹시 자신의 행적이 발각된 것은 아닌가 싶어 대경실색했지만, 이내 그런 것이 아니라는 것을 깨달았다.

그가 숨어 있는 곳에서 그리 멀지 않은 곳으로 세 개의 인영이 스쳐 지나갔던 것이다.

야행의를 입고 있었고, 얼굴을 가려서 정체를 알아볼 순 없었지만 그들 모두 가냘픈 체구를 지니고 있었다.

'여자들이다.'

기무결은 속으로 느껴지는 게 있었다.

四

"화은설이 돌아왔다고?"

"어제저녁에 왔다가 오늘 하루 종일 마을을 돌아다니며 저희의 행적을 캐고 다녔습니다."

"흐흐, 그래 봐야 이미 너무 늦었다."

전각 안에는 다섯 명의 사람이 있었다.

두 명은 자리에 앉아서 보고를 받고 있었고, 나머지 세 명은 자리에 서서 연신 식은땀을 흘리고 있었다.

자리에 앉아 있는 자들은 붉은색 가사를 입은 노인과 무척이나 뚱뚱하게 생긴 중년인이었다.

혈승의 눈빛에서는 붉은색 기광이 흐르고 있어서 한눈에 마공의 조예가 깊다는 것을 알 수 있었다.

그와는 반대로 음침하게 생긴 중년인의 입가에는 연신 사람 좋은 웃음이 걸려 있었다. 누가 봐도 마음씨 좋은 옆집 아저씨라 생각할 것이었다.

하나 그의 눈빛은 사악하게 빛나고 있었다.

자리에 서 있는 자들은 결코 약한 자들이 아니었다.

오히려 그들은 구룡회에서 당주의 지위에 올라 있었고, 수십 명의 수하를 부리는 절정의 고수인데도 혈승과 뚱뚱한 중년인 앞에서 쩔쩔매고 있었다.

"만천화우인지 개천화우인지 그 애송이는?"

그렇게 말한 사람은 혈승이었다.

"그렇지 않아도 그 말씀을 드리려던 참이었습니다. 당진이 저녁 무렵에 화은설을 찾아가 화씨세가의 본가를 내놓으라고 협박했습니다."

"흐흐, 제법 약은 놈이군. 사천당문이 암기와 독공만 믿고 설쳐 대는 놈들인 줄만 알았더니 머리도 쓸 줄 알고."

혈승은 대수롭지 않은 표정으로 중얼거렸다.

이게 만약 다른 사람의 입에서 나왔다면 십중팔구 허풍이라 생각했을 것이었다.

하긴, 천하의 사천당문을 누가 감히 깎아내릴 수 있겠는가?

하지만 세 명의 사내는 혈승이 얼마나 무서운 고수인지 알고 있기 때문에 당연하다 생각하고 있었다.

"그럼 소인들은 이제 어찌해야 합니까?"

"그전에 아마파는 지금 어찌하고 있느냐?"

"절정사태가 십여 명의 제자를 데리고 아마산을 떠났다는 말은 들었지만, 아직 정확한 행적이 보고된 것은 없습니다."

"으음, 절정사태라… 그 지독한 할망구와 만나면 별로 좋을 건 없지."

혈승의 얼굴이 처음으로 찌푸려졌다.

절정사태는 별호에서 보듯 인간의 정이라고는 손톱만큼도 찾아볼 수 없을 정도로 강팍하기 그지없는 여인이었다. 특히 마도와 사파의 무리는 철천지원수를 보듯 해서 손속에 사정을 두지 않았다.

"응?"

그때, 갑자기 혈승의 눈빛에서 혈광이 번쩍거렸다.

그와 때를 같이 해서 뚱뚱한 중년인의 눈빛도 반짝였다. 그들은 서로의 얼굴을 쳐다보며 히죽 웃었다.

"흐흐, 이제 보니 쥐새끼들이 들끓고 있었군."

혈승과 뚱뚱한 중년인이 천장을 향해 각자 일 장씩 휘둘렀다.

우르릉!

천장이 부서지고 세 개의 인영이 바닥으로 떨어져 내렸다.

그들은 모두 가냘픈 체구를 지닌 젊은 여인이었다.

혈승이 한눈에 여인들의 신분을 알아보고 코웃음 쳤다.

"크크, 아미파의 계집들이었군."

세 명의 여인은 정체가 드러나자 잠시 당황했지만, 이내 마음을 차분하게 가라앉혔다.

"놀랍군요. 그대는 소뢰음사의 악불존자 아닌가요?"

그건 자신들이 아미파에서 나왔다는 것을 간접적으로 인정한 셈이었다.

"흐흐, 당금 무림에서 본존자를 알아보는 사람들이 있다니. 과연 아미파의 계집들은 뭔가 다르군."

"아!"

여인들이 소스라치게 놀랐다.

원래 소뢰음사는 불교 계통에서 파생된 밀교를 주축으로 삼고 있었다.

때문에 가사를 입고 있긴 했지만 그 심성이 하나같이 사악하고 악랄하기 이를 데 없어서 도저히 수도승이라 할 수 없었다.

특히 악불존자는 소뢰음사 제일고수이면서도 가장 심성이 사악하고 잔인하기로 유명한 자였다.

그가 중원에서 악명을 떨친 건 오십 년 전이었는데, 어찌나 손속이 잔인한지 중원무림은 공포에 떨었고, 소뢰음사조차도 그를 이단 취급하며 배척할 정도였다.

"악불존자, 그대가 죽지 않고 아직까지 살아 있다니 진정 놀라운 일이로군요."

"크크, 본존자로 말할 것 같으면 염라대왕도 치를 떨며 데려가길 두려워해서 말이다."

악불존자가 문득 표정을 고쳐 정색을 하고 여인들을 쳐다보았다.

"너희는 절정사태의 제자냐?"

"그래요."

더 이상 숨길 이유도 없었다.

절정사태에게는 누구보다 뛰어난 자질을 가진 세 명의 제자가 있었는데, 사람들은 그녀들을 아미삼봉이라 불렀다.

"흐흐, 그렇다면 너희가 바로 아미삼봉이겠구나!"

그 이름이 주는 의미는 결코 작지 않았다.

그녀들은 겨우 이십 대 남짓에 불과했지만, 이미 여인 중에서는 최고의 명성을 떨치고 있었기 때문이었다.

아미삼봉의 첫째는 조예린이라는 이름의 여인으로 한 자루의 검에서 펼쳐지는 난파풍검법이 이미 십성의 경지에 올랐다고 전해져 오고 있었다. 난파풍검법은 아미파 최고의 검법으로 통하는 절세의 무공이었다.

두 번째인 심약란은 채찍을 귀신같이 써서 천라비응편이

라는 별호가 생겨날 정도였다.

마지막으로 아미삼봉의 막내인 부옥교는 천하의 재녀로 이름이 높았다. 그녀는 아미파의 시조인 곽양 조사가 재림했다고 할 정도로 아미파의 비전 절기들을 두루 성취했고, 빠른 진전을 이루었다.

하지만 무엇보다 그녀가 유명하게 된 것은 화은설에 비견될 정도로 그 미모가 빼어나게 아름답기 때문이었다. 그녀를 처음 대하는 사람은 남녀노소를 막론하고 그녀의 미모에 취해 넋을 보고 멍하니 쳐다보기 일쑤였다.

그렇게 아미파의 미래라 불리는 아미삼봉이 폐가에 나타난 것이다.

五

아미삼봉은 오늘의 형세가 그리 좋지 않다는 것을 직감했다.

생각도 못한 일이었다.

설마 구룡회 뒤에 악불존자가 있을 줄이야.

뭔가 일이 심상치 않게 변해가고 있는 느낌이었다.

하지만 악불존자도 악불존자였지만, 아까부터 가만히 말없이 서 있는 뚱뚱한 중년인의 존재도 결코 무시할 수 없었다.

그때, 조예린은 오래전 잊혀졌던 이름 하나를 떠올리고 경악했다.

"혹시 그대는 식인광자 악무도 아닌가요?"

"흐흐, 어린 계집의 견식이 생각보다 풍부하구나! 천하에 나를 알아보는 사람이 있을 줄은 몰랐다."

"맙소사!"

조예린은 물론이고 심약란과 부옥교의 안색도 크게 변했다.

식인광자 악무도는 이십 년 전 변황에서 활약했던 고수였지만, 유독 사람의 고기를 즐겨 먹는다고 해서 변황은 물론 중원무림에까지 엄청난 충격을 주었던 자였다.

그가 정말 인간의 고기를 먹는지는 확실히 알려진 바는 없었다.

하지만 그의 손에 죽은 사람만 천 명이 넘을 정도로 피에 굶주린 미치광이임은 확실했다.

사람을 죽이는데 딱히 이유가 있을 리 없었다.

그는 아무 이유 없이 사람을 죽였다.

이에 천하무림이 크게 공분했고 그를 죽이려고 추적대까지 결성했지만 끝내 죽이는 데는 실패하고 말았다. 그건 그의 무공이 초절할 정도로 뛰어났기 때문이었다. 그러다 십여 년 전부터 자취를 감춰서 행방이 묘연했었다. 사람들은 악무도가 죽은 줄 알고 있었는데, 지금 이곳에 떡하니 나타난 것이다.

아미삼봉은 악무도와 눈빛이 마주치는 순간 온몸에 소름이 돋았다. 그의 눈빛은 그녀들을 맛 좋은 음식 정도로 여기는 그런 눈빛이었던 것이다.

조예린이 싸늘하게 소리쳤다.

"악불! 식인광자! 그대들은 죽어 마땅한 인간들이지만, 그래도 자부심은 있는 줄 알았어요. 한데 구룡회의 명령을 받으며 살고 있을 줄은 몰랐군요."

"어린 계집의 입이 제법 무섭구나! 하지만 이번엔 네년이 잘못 생각했다. 우린 부탁을 받고 도와주는 것뿐이다. 구룡회 따위가 어찌 우릴 부릴 수 있겠느냐?"

"흥, 그렇다면 무슨 의도로 무산 일대의 땅을 사들이는 거죠?"

"우리가 무엇을 하든 아미파가 무슨 상관이냐?"

"우리는 상관을 해야겠군요."

"흐흐, 오만방자한 말투로군. 확실히 아미파다운 기개다. 하지만 절정사태가 왔다면 모를까 네년들 힘으로 과연 그게 가능할까?"

문득 문이 열리고 열 명의 사람이 안으로 들어섰다.

그들은 주변을 경계하던 자들이었다. 지붕이 무너지는 소리에 전각으로 몰려든 것이었다.

아미삼봉은 어느새 적들로 둘러싸인 형국이었다.

더구나 그녀들 앞에는 악불존자와 식인광자가 버티고 있었다.

그녀들은 서로의 등을 지고 적들을 마주 보았다.

전각 안에는 일촉즉발의 기운이 흘렀다.

바로 그때 커다란 웃음소리와 함께 누군가 지붕 위에서 떨어져 내렸다.

도포를 입은 이십 대 후반의 젊은 도인이었다.

"싸움이 다소 불공평한 것 같아 불초가 나섰으니 너무 탓하지 말아주십시오."

악불존자와 식인광자가 코웃음 쳤다.

"흥, 누군가 했더니 청성파의 옥기린이라 불리는 양평이었군."

"네놈이 숨어 있는 건 이미 알고 있었다. 단지 언제 네놈을 죽일까 고민하고 있었을 뿐이다."

양평의 안색이 약간 변했다.

그건 곧 자신은 안중에도 없었다는 뜻이 아니고 무엇이겠는가?

"확실히 두 분의 공력은 무시할 수 없군요."

아미삼봉은 양평과 안면이 있는 사이였다.

그녀들이 눈짓으로 감사의 뜻을 전하자 양평도 입가에 미소를 지어 보였다.

하지만 여전히 긴장을 풀 수 없었다. 싸움의 형세는 여전히 그들이 불리한 편이었다. 수적으로도 밀리고 있지만, 악불존자와 식인광자는 수십 년 전에 악명을 떨친 전대 고수였으니 시간이 지난 지금은 그만큼 더 공력이 높아졌을 건 불을 보듯 뻔한 일이었다.

그때, 양평이 천장을 쳐다보며 소리쳤다.

"형장, 그곳에 숨어 있는 것을 알고 있으니 그만 정체를 드러내는 것이 어떻겠소?"

악불존자와 식인광자는 처음엔 양평이 누구에게 하는 소린지 몰라 어리둥절한 표정을 지었다.

그들은 양평의 기운은 느껴졌지만, 그 이후로 더 이상 누구의 기운도 감지하지 못했기 때문이었다.

바로 그 순간 천장 한쪽이 무너지며 누군가 떨어져 내리는 것이 아닌가?

새하얀 달빛을 받으며 떨어진 사람은 바로 기무결이었다.

第七章
금광

一

사람들의 시선이 일제히 기무결에게 쏠렸다.

그건 진정 뜻밖의 일이었다.

전각 안에는 무림에서 명성이 자자한 고수들만 모여 있었는데도 누구 하나 기무결의 기척을 감지한 사람이 없었다.

악불존자와 식인광자는 기무결의 나이가 생각보다 너무 어리다는 것에 깜짝 놀랐다. 적어도 자신들의 이목을 속일 정도의 고수라면 무림에서 명성이 지극한 고수라야 가능한 일이었던 것이다. 심지어는 기무결보고 나오라고 소리쳤던 양평조차도 두 눈 가득 이채가 떠오를 정도였다.

원래 양평이 기무결의 기척을 알아차린 건 운이 좋았을 뿐이었다. 그도 그럴 것이 그가 가장 먼저 지붕 위에 숨어 있었기 때문이었다. 그러다 아미삼봉이 왔고, 기무결이 가장 늦게 도착했던 것이다.

하지만 그럼에도 불구하고 기무결의 신법이 워낙 고명하고 초절한 나머지 흐릿하게 형체만 보았을 뿐, 정확하게 얼굴은 볼 수 없었다.

"이 어르신의 이목을 속이다니, 어린놈이 제법 쓸 만한 재주를 익혔구나! 네놈은 누구냐?"

악불존자가 기무결의 위아래를 쓱 훑어보며 물었다.

그의 눈썰미는 단지 상대를 쳐다보는 것만으로도 어느 정도 출신내력을 알 수 있을 정도로 대단한데, 기무결을 상대로는 이상하게 전혀 알 수 있는 게 없었다.

기무결의 무공의 근간이 되는 것은 천무은형잠종대법과 천지기하천하무적공이었다. 이 두 개의 무공은 고금오대마공과 고금오대정종무학으로 무림에서 실전된 지 수백 년이 넘은 것들이었다.

그때, 악불존자와 식인광자에게 서서 보고를 하던 자 중에 한 명이 기무결을 알아보고 대뜸 소리를 질렀다.

"저자는 화은설과 함께 화씨세가에 온 자가 틀림없습니다."

"화씨세가?"

"당진과 통성명을 나눌 때 기무결이라고 소개한 것을 똑똑히 들었습니다."

"호오, 기무결이라……."

악불존자가 새삼스러운 눈빛으로 기무결을 쳐다보았다.

기무결이란 이름은 당금 강호를 뜨겁게 진동하고 있었다.

천하에 단신으로 서문세가와 신도세가 그리고 남궁세가를 차례로 굴복시킬 수 있는 사람은 그리 많지 않았다.

일각에서는 그를 두고 일초무적자라고 불렀다.

광오하기 짝이 없는 별호였다.

상대가 누구든 일 초 만에 쓰러뜨릴 수 있다는 뜻이었다.

하지만 악불존자는 속으로 코웃음 쳤다.

무림에 떠도는 소문을 액면 그대로 믿는 사람은 별로 많지 않았다.

원래 소문이라는 것은 퍼지는 과정에서 과장이 많이 섞이기도 하지만, 기무결의 나이가 생각보다 너무 어리기 때문이었다.

"네놈이 일초무적자란 애송이냐?"

"일초무적자?"

정작 기무결은 처음 듣는 소리였다.

어느새 자신에게 별호가 붙었다는 사실에 신기한 생각이 들었지만, 이내 자신이 이곳을 찾아온 목적을 떠올렸다.

"내가 여기에 온 이유는 말하지 않아도 알 것이오."

"흐흐, 혹시 화씨세가 본가의 땅문서라도 넘겨주기 위해 찾아온 것이냐?"

"나도 그랬으면 오죽 좋겠소. 하지만, 이곳에서 그대들을 보고 그동안 풀리지 않았던 매듭이 풀렸다면 믿겠소?"

"그건 또 무슨 소리냐?"

"그대들은 구룡회를 돕고는 있지만, 딱히 내키지는 않아 보이던데 내 말이 틀렸소?"

"흥!"

악불존자와 식인광자는 코웃음을 쳤지만, 부인하진 않았다.

기무결이 빙그레 웃었다.

아까 조예린이 그들을 보고 자부심이 어쩌고 구룡회의 명령이 어쩌고 할 때 부인하던 모습을 보고 직감했던 것이었다.

그렇다면 적어도 한 가지 사실은 유추해 낼 수 있었다.

"그대들을 뒤에서 조종하는 자가 누구요?"

순간 양평과 아미삼봉이 놀란 표정으로 기무결을 쳐다보았다.

그건 정말 누구도 예상하지 못한 엄청난 소리였던 것이다.

二

"그대들은 발뺌을 하기엔 너무 늦었소. 난 이미 그대들이 중원의 고수가 아닌 것을 알았을 때 어느 정도 직감했으니 말이오."

그랬다.

악불존자는 소뢰음사 출신이고 식인광자는 변황의 고수였다.

더구나 수십 년 동안 자취를 감춘 전대 고수이기도 했다.

누군가 뒤에서 조종하는 자의 명령이 아니면 안중에도 없는 구룡회 따위를 돕기 위해 머나먼 중원까지 들어와 고생할 리 없는 것이다.

"어떻소? 이래도 아니라고 발뺌할 생각이오?"

"으음! 심기가 무서울 정도로 뛰어난 놈이구나!"

"그래, 네놈의 말이 맞다. 한데, 그게 뭐 어쨌다는 것이냐?"

그들은 더 이상 둘러대지 않았다.

사실 그들은 누군가에게 패해서 그 사람의 종이 되었고, 강제로 구룡회를 돕고 있는 중이었던 것이다. 이건 악불존자와 식인광자가 가장 한스럽게 생각하고 있는 치부였고, 외부로 흘러 나가면 절대 안 되는 비밀이었다.

그걸 기무결이 들춰낸 것이다.

그것도 단서가 몇 개 되지도 않는 상황에서 나온 추리라 자신들이 생각해도 믿기지 않을 정도였다.

그들의 두 눈에 혈광이 어른거렸다.

어차피 이곳에서 모두 죽이면 밖으로 비밀이 새어 나갈 일은 없을 터였다.

양평과 아미삼봉은 얼굴이 딱딱하게 굳어져 아무 말도 할 수 없었다. 이는 구룡회 뒤에 누군가 알 수 없는 엄청난 배경이 꿈틀거리고 있다는 소리가 아니고 무엇이겠는가?

악불존자와 식인광자를 부릴 수 있는 자들이라면, 그리고 뒤에서 구룡회를 움직일 수 있는 자들이라면 상당한 힘을 가지고 있을 것임이 분명했다.

하지만 아직 그들이 누구인지 알려져 있는 것이 없었다.

기무결은 문득 느껴지는 것이 있었다.

그는 풍운산장에서 이와 비슷한 일을 겪은 적이 있는 것이다.

"그대들도 혈마교인가? 아니면 이번 일에도 범죄 자문 책사가 개입되어 있는 것인가?"

"그건 지옥에 가서 알아보거라."

먼저 움직인 사람은 식인광자였다.

쿵쿵쿵쿵!

식인광자가 지축을 뒤흔들며 저돌적으로 기무결을 향해 달려들었다. 초식이니 수비니 그런 건 전혀 없었다. 그저 뚱뚱한 몸을 이용해 기무결을 들이받으려는 것이었다. 그의 온몸은 허점투성이었지만, 두꺼운 비계살이 방패 역할을 대신해주고 있었다.

기무결이 옆으로 비켜선 다음 주먹을 휘둘러 눈에 보이는 빈틈을 공격했지만, 두꺼운 비곗살이 그의 주먹을 튕겨냈다.

'으음.'

오히려 주먹이 은은하게 아파올 정도였다.

그제야 기무결은 식인광자가 저돌적으로 자신을 들이받으려고 하는 이유를 알 것 같았다.

식인광자는 외문기공의 고수였던 것이다.

그는 자신의 뚱뚱한 신체를 이용해 특이한 무공을 만들어냈으니 그 어떤 도검이나 신병이기로도 흠집 하나 낼 수 없었다.

이것이 바로 둔겁마황공이란 신공이었다.

둔겁마황공은 뚱뚱하면 뚱뚱할수록 그 위력이 강해진다.

이는 온몸의 비계살을 단련해 일종의 강기막으로 만들기 때문이었다.

천하에 오직 둔겁마황공만이 가능한 일이었다. 그런 의미에서 식인광자의 둔겁마황공은 이미 십이성 대성에 들어선 상태였다.

"흐흐, 이 어르신이 가려운 것을 알고 긁어주려던 것이냐? 물 주먹을 보니 계집아이가 따로 없구나!"

식인광자가 비릿하게 기무결을 비웃었다.

그의 웃음에는 천하에 그 어떤 것으로도 둔겁마황공을 깨뜨릴 수 없다는 자부심이 깔려 있었다. 그의 옆에서 악불존자가 팔짱을 끼고 따라 웃었다.

'대단하군.'

기무결은 둔겁마황공의 위력에 혀를 내둘렀다.

자신이었으니 이 정도로 끝났지 다른 사람이었다면 아마 주먹이 으스러지고 팔이 부러졌을 것이었다.

양평과 아미삼봉은 기가 질렸다.

방금 기무결의 주먹에는 능히 천근의 바위도 부술 정도의 위력이 담겨 있었다. 당연히 그들이라면 맨몸으로 막는 건 고사하고 살짝 스치기만 해도 뼈가 으스러졌을 것이었다. 그리고 그건 곧 기무결의 소문이 결코 과장된 것이 아니라는 증거이기도 했다.

'으음. 이십 년 전보다 더 무서운 마물이 되어 돌아왔구나!'

양평과 아미삼봉이 무기를 잡은 손에 힘을 주었다.

이곳은 용담호혈.

처음부터 전력을 다하지 않으면 살아 돌아갈 수 없을지도 몰랐다.

三

"크크, 너희들은 노부가 놀아주마!"

악불존자가 천천히 걸어와 양평과 아미삼봉 앞에 섰다.

그의 양손에는 두 개의 륜이 있었다. 초승달 모양으로 안쪽에 손잡이가 있었고, 날은 그 어떤 병기보다 날카롭게 빛나고 있었다.

"흐흐, 한꺼번에 덤비겠느냐, 아니면 한 명씩 싸울 테냐?"

한꺼번에 덤비는 건 합공을 말하는 것이고, 한 명씩 싸우는 건 차륜전을 뜻한다.

악불존자는 그 모두 자신이 있다는 뜻이었다.

조예린이 코웃음을 치며 한 걸음 앞으로 나섰다.

"악불존자, 사람을 너무 무시하는군요. 그대에게 아미파의 매운맛을 보여주겠어요."

파르르!

그녀의 검이 세찬 풍랑을 만들며 악불존자의 상체를 휘감아 갔다.

악불존자는 순간 허공에 수십 개의 물결이 만들어진 듯한 착각이 일었다.

하나, 그는 이것이 바로 난파풍검법이라는 것을 깨닫고 륜을 휘둘러 맞서갔다.

빠가각!

갑자기 불똥이 튀었다.

그와 동시에 두 개의 륜이 수십 개의 물결을 가르며 안쪽으로 파고들어 갔다.

조예린은 화들짝 놀랐다. 방금 펼친 검초는 월망천하라는 것으로 난파풍검법의 세 번째 초식이었다. 원래 난파풍검법은 빠르고 표홀한 것이 특징이었다. 그중에 월망천하는 신묘

함까지 더해 상대를 옴짝달싹 못하게 만드는 무서운 검법인 것이다.

한데, 이게 채 펼쳐지기도 전에 와해되고 말았으니 악불존자의 무공이 얼마나 강한지 느낄 수 있는 대목이었다.

"차앗!"

조예린이 황급히 옆으로 물러나 피하고 초식을 바꾸어 악불존자의 하체를 공격해 나갔다. 한 마리 나비가 춤을 추듯 우아하고 아름다운 검무를 보는 듯했다.

이번에는 월하선녀라는 수법으로 난파풍검법의 다섯 번째 해당하는 초식이었다. 보기에는 검무 같아 보여도 환상적일 정도로 표홀한 것이었다.

악불존자는 눈이 어지러워 연신 뒤로 물러나서야 겨우 검세에서 벗어날 수 있었다.

"으으, 이 계집! 용서하지 않겠다."

악불존자가 선불 맞은 멧돼지마냥 미친 듯이 두 개의 륜을 휘두르며 달려들었다.

그들은 순식간에 이십여 차례 맞붙었다가 떨어졌는데, 처음에는 난파풍검법의 빠르고 표홀한 검세에 다소 고전하던 악불존자가 차츰 승기를 잡아나가기 시작했다.

심약란이 더 이상 지켜보지 못하고 채찍을 휘두르며 싸움에 가세했다. 그렇게 하고 나서야 겨우 싸움이 어느 정도 균형을 이룰 수 있었다.

한편, 다른 곳에도 싸움이 벌어지고 있었다.

양평과 부옥교는 각각 당주 한 명과 다섯 명의 경계무사에게 둘러싸여 치열하게 싸우는 중이었다. 어찌 보면 그들의 사정이 가장 다급한지도 몰랐다. 당주들은 절정고수인데다 경계무사들 역시 일류고수였던 것이다.

여기저기서 검이 난무하고 금속성이 터져 나왔다.

다만 기무결과 식인광자만이 육장과 맨몸으로 싸우고 있었다.

식인광자는 계속해서 저돌적으로 기무결을 향해 달려들었다. 단지 살짝만 스쳐도 상관없었다. 둔겁마황공은 옷깃이 스치는 것만으로도 상대를 치명적인 상태로 몰고 갈 수 있는 무서운 신공이었다. 하물며 정면으로 부딪치면 형체도 알아보기 어려울 터였다.

식인광자는 뚱뚱해서 둔해 보이지만, 일단 움직이자 누구보다 빨랐다. 거기에 비대한 체격과 맞물려 살인적인 기운이 쏟아져 나왔다.

기무결은 천지기하천하무적공의 보법으로 둔겁마황공을 피했다. 그리고 식인광자보다 더 빠르게 움직이며 그의 허점을 파고들었다.

그는 지난 며칠 동안 화은설과 함께 무공을 연구한 이후 신창양가장에서보다 더 강해진 상태였다. 당연히 그의 일격에는 만근의 힘이 담겨 있었다.

쾅! 콰르릉!

기무결의 주먹이 연거푸 몇 번이나 적중했지만, 식인광자의 신형이 가볍게 흔들린 것이 전부였다.

"흐흐, 네놈의 무공은 정말 뛰어나다. 둔겁마황공의 기세를 뚫고 내 몸을 연거푸 가격한 자는 네놈이 처음일 것이다. 하지만, 천하의 그 어떤 것으로도 둔겁마황공을 깨뜨릴 수 없다."

식인광자의 자부심이 하늘을 찔렀다.

'정말 무시무시한 호신강기다.'

어지간한 기무결도 이때만큼은 기가 질리고 말았다.

기무결은 둔겁마황공을 깨기 위해 분심쌍격으로 공격해 보기도 하고, 화씨세가의 박투술로 식인광자의 몸을 수없이 가격했지만, 그때마다 손과 발에 통증이 느껴졌다. 처음에는 은은하게 느껴지던 통증이 점차 심해지고 있었다.

권각법으로는 도저히 둔겁마황공을 깨뜨릴 수 없었다.

그렇다면 이제 남은 건 천무은형잠종대법의 살인기예들이었다.

원래 기무결은 가급적 이목이 많은 곳에서는 천무은형잠종대법을 펼치지 않으려 했지만, 지금은 선택의 여지가 없었다.

그나마 다행이랄까?

다른 사람들도 모두 싸움에 정신이 팔려 자신을 살펴볼 여유가 없었다.

기무결은 즉시 주변의 바람을 끌어모아 식인광자에게 날

려 보냈다.

바람 속에는 이미 강력한 살기가 숨어 있었다.

하지만 눈으로는 보이지 않았고, 바람결에 숨어 있기 때문에 식인광자 같은 고수도 지척에 다가올 때까지 아무것도 감지하지 못했다.

이는 풍형의 삼 단계 수법으로 궁극의 비기였다. 수중에 검이 없어도 검기를 만들어낼 수 있는 수중무검 심중유초의 경지와 비견되는 절세적인 무공이 지금 기무결의 손끝에서 펼쳐진 것이었다.

"크윽!"

식인광자의 입에서 짤막한 비명이 터져 나왔다.

이미 금강석처럼 단단해진 그의 신체였지만, 풍형의 살기가 그의 살집을 뚫고 안으로 침범해 들어왔던 것이다. 그 어떤 공격으로도 끄덕하지 않았던 둔겁마황공이 드디어 깨지고 피가 흘러나오고 있었다.

기무결은 내심 어이가 없었다.

적어도 팔 하나는 잘려져 나갈 줄 알았는데 고작 피부가 찢어지는 수준이라니. 이건 도저히 인간의 피부라 할 수 없었다.

하지만 식인광자의 놀라움은 기무결의 그것과는 비교가 되지 않았다.

그는 그저 한 줄기 바람을 맞은 기분이었다. 한데 그 속에 신병이기보다 더 날카롭고 세상 그 어떤 것보다 살기 어린 기운이 담겨 있었던 것이다.

"으으, 이게 무슨 수법이냐?"

"그건 지옥에 가서 물어보거라."

기무결이 식인광자가 했던 말 그대로 따라했다.

"네 이놈!"

식인광자는 화가 머리 꼭대기까지 치밀어 기무결에게 달려들었다.

하지만 다시금 허탕을 치고 말았다.

기무결이 천지기하천하무적공의 보법으로 식인광자의 살인적인 공세를 피했던 것이다.

"으으, 쥐새끼 같은 놈. 잘도 피하는구나!"

식인광자는 돌아버리기 일보 직전이었다.

기무결의 보법은 너무 신묘했다. 십여 초가 지나도록 옷자락 한 번 스치지 못한 것은 맹세코 지금이 처음이었다.

그러는 사이 기무결은 연거푸 풍형을 펼쳐 냈고, 식인광자의 몸은 순식간에 거북의 등짝처럼 쩍쩍 갈라졌다.

둔겁마황공이 철저히 깨진 것이다.

식인광자가 입안 가득 피를 흘리며 비틀거렸다. 그의 신형은 처음과는 비교할 수 없을 정도로 느려진 상태였다.

한편, 악불존자는 두 개의 륜으로 조예린과 심약란의 합공을 상대하고 있다가 식인광자가 일방적으로 몰리자 대경실색했다.

온몸이 피칠을 한 듯 새빨갛게 변한 것을 보면 얼마 버티지 못할 것 같았다.

악불존자는 쌍륜에 힘을 주어 조예린과 심약란을 뒤로 몇 걸음 물러나게 한 다음 기무결을 향해 몸을 날렸다.

"이놈! 당장 물러나지 못할까?"

쇄애액!

세찬 바람과 함께 악불존자가 무서운 기세로 쌍륜을 휘둘렀다.

"앗!"

"기 공자, 위험해요."

조예린과 심약란은 전혀 생각하지 못한 일에 비명을 내질렀다.

그녀들은 재빨리 악불존자의 뒤를 쫓아 몸을 날렸지만, 그때는 이미 한발 늦은 뒤였다.

四

악불존자의 가세로 기무결은 순식간에 좌우에서 양대 고수에게 합공을 받는 상황이 되어버렸다.

기무결이 계속 식인광자를 향해 공격을 퍼붓는다면 두 개의 쌍륜을 피할 수 없을 터였다. 정상적인 상황은 그랬다.

그때, 기무결이 두 발로는 천지기하천하무적공의 보법을

펼쳤고, 두 팔로는 분심쌍격을 일으켰다.

왼손으로는 바람을 모아 조그만 비도를 만들었다. 손바닥만 한 비도는 물처럼 투명하게 생겼지만 확실히 형체를 갖추고 있었다. 이는 천무은형잠종대법의 마지막 단계라 할 수 있는 것으로 바람과 구름으로 온갖 무기를 만들어내는 것이었다.

공력이 높으면 높을수록 더 크고 긴 무기를 만들어낼 수 있지만, 기무결의 능력은 겨우 손바닥 크기의 비도가 전부였다.

하지만 그것만으로도 위력은 상상을 초월할 정도였다.

팅!

시위를 떠난 화살처럼 비도가 빠른 속도로 식인광자를 향해 날아갔다.

"헉?"

식인광자의 입에서 헛바람이 튀어나왔다.

피하기에는 너무 늦었다고 판단한 그는 남아 있는 공력을 모두 끌어모아 둔겁마황공을 극대화시켰다.

비록 둔겁마황공이 깨지긴 했지만, 어느 한 부위만 집중해서 막는 건 여전히 위력을 발휘하고 있었다.

바로 그 순간이었다.

물처럼 투명한 비도가 둔겁마황공을 깨고 식인광자의 가슴을 관통했다.

"크아악!"

처절한 비명과 함께 식인광자의 몸이 바닥에 허물어지고

말았다. 그의 몸이 쿵 하며 쓰러졌을 때는 이미 싸늘한 시신으로 변한 뒤였다.

"으으, 네놈을 가만두지 않겠다."

악불존자가 미친 듯이 쌍륜을 휘둘렀다.

그때는 이미 기무결의 지척까지 쌍륜이 도달한 상태이기에 절대 막을 수 없을 것만 같았다.

하지만 바로 그때 기무결의 신형이 술에 취한 사람처럼 이리 비틀 저리 비틀거리며 악불존자의 쌍륜을 피했다.

"억?"

악불존자는 두 눈으로 보고도 믿을 수 없었다.

세상에 이토록 신묘하고 무서운 보법이 있을 줄은 꿈에도 생각하지 못한 일이었다.

이게 바로 천지기하천하무적공의 보법임을 그가 어찌 알겠는가?

기무결은 단 한 번의 동작에 천무은형잠종대법과 천지기하천하무적공 그리고 분심쌍격을 펼친 것이다.

그 위력은 상상을 초월할 정도로 무시무시했고, 그 누구도 막을 수 없었다.

기무결의 신형이 어느새 악불존자의 옆으로 돌아갔다. 그와 동시에 그의 오른팔이 뱀처럼 꿈틀거리는 듯싶더니 이내 악불존자의 쌍륜을 휘감아갔다.

슥슥!

독사가 혓바닥을 낼름거리는 듯한 소리와 함께 기무결의 팔이 악불존자의 팔을 타고 위로 올라가는 것이 아닌가?

악불존자가 소스라치게 놀라 기무결의 팔을 떨쳐 내려 했다.

하나 그때는 이미 기무결이 안쪽 깊숙이까지 파고들고 손바닥으로 악불존자의 턱을 후려치고 난 뒤였다.

"컥!"

엄청난 충격과 함께 얼굴이 뒤로 크게 젖혀졌다.

악불존자가 중심을 잃고 비틀거리는 순간 기무결이 팔꿈치에 힘을 주어 그의 가슴을 내리찍었다.

"크아악!"

처절한 비명이 전각을 뒤흔들었다.

온몸의 갈비뼈란 갈비뼈가 모조리 박살이 난 채 악불존자는 그렇게 싸늘한 주검이 되고 말았다.

五

조예린과 심약란은 넋을 잃었다.

기무결은 악불존자와 식인광자라는 전대 고수를 일격에 죽인 것이다.

그건 하나의 전설이나 마찬가지였다.

특히, 그녀들은 합공을 해서도 어쩌지 못한 악불존자를 단

일 초 만에 죽인 기무결이 사람으로 보이지 않았다.

그녀들은 기무결에 대한 소문을 믿지 않고 있었는데, 이건 오히려 소문이 부족하다는 생각이 들었다.

천하에는 고수가 구름처럼 많았다.

일례로 마도에는 사마가 있고, 구파일방에는 칠기가 있다. 그리고 무림맹에는 정천구룡이 있는 것이다.

하지만 이건 현 시대를 기준으로 한 것일 뿐 은거한 고수들이나 활약이 뜸한 전대 고수들, 그리고 육문칠가의 사람들을 더하면 그 수를 헤아릴 수 없을 만큼 많다.

어디 이뿐인가?

신강만 해도 오사가 있고, 십강이 있다.

하나 이들 중 약관이 조금 넘은 나이에 기무결처럼 엄청난 공력을 지닌 사람은 없다고 해도 과언이 아니었다.

그때, 기무결이 턱짓으로 그녀들 뒤에서 한창 싸우고 있는 양평과 부옥교를 가리켰다.

"저분들을 도와주지 않아도 되겠습니까?"

"아차!"

조예린과 심약란은 그제야 자신들의 실수를 깨닫고 황급히 싸움에 끼어들었다.

기무결이 일부러 그녀들의 시선을 다른 곳으로 돌렸다고 해도 무방했다. 그도 그럴 것이 바닥에 널브러져 있는 악불존자와 식인광자의 품속에서 각기 한 뭉치의 종이가 빼져나와 있었기 때문이었다.

'땅문서다.'

기무결은 오랜 경험으로 느낄 수 있었다.

악불존자와 식인광자가 누군가의 명령으로 구룡회를 돕고 있었다면 사실 땅문서는 그리 중요하지 않을지도 몰랐다.

땅을 사들이는 행위는 세상의 이목을 속이기 위한 것이고 사실은 그것으로 시비를 만들어 사천의 무림을 어지럽히려는 것이라 생각했기 때문이었다.

원래 범죄 자문 책사는 천하가 어지러워지면 어지러워질수록 좋다고 말하지 않았던가?

그렇기에 더더욱 기무결은 자신의 생각에 확신이 들었다.

하지만 막상 땅문서를 보자 생각이 바뀌었다.

그리 중요한 것이 아니라면 악불존자와 식인광자가 각자 나눠서 품속에 지니고 있을 이유가 없는 것이다.

'필유곡절이라 했다. 그렇다면 일단 챙겨둬서 나쁠 건 없겠지.'

기무결이 은근슬쩍 땅문서를 품속에 넣었다.

바로 그때, 격렬하게 싸우던 소리가 더 이상 들리지 않았다. 바닥에는 두 명의 당주를 포함해서 열두 명의 적이 피를 흘린 채 쓰러져 있었다.

조예린과 심약란이 가세한 순간 싸움의 형세가 급격하게 기울어져서 순식간에 끝나 버렸던 것이다.

전각에 정적이 찾아왔다.
사람들은 각자 생각에 빠졌다.
격전은 끝났지만, 사람들의 마음은 더욱 무겁게 가라앉았다.
이곳에서 벌어진 것은 단순히 악전고투만이 아니었다.
구룡회 뒤에 배후 조종자가 있다는 것이 밝혀졌고, 어쩌면 새외삼패와 관련이 있는 것 같다는 생각이 들었다. 그건 생각하기도 싫은 끔찍한 일이었다. 새외삼패는 언제나 중원무림에겐 재앙과도 같은 존재들이었다.
하지만 그들은 한 번도 손을 잡거나 연합한 적이 없었다.
적어도 이번처럼 소뢰음사와 변황의 고수가 같이 움직인 적이 단 한 번도 없다는 뜻이었다.
그래서 사람들은 더 심각하게 상황을 판단하고 있었다.
'빨리 사부님께 알려 드려야 해!'
'청성파로 돌아가서 장문인께 알려야 한다.'
먼저 포권을 취하고 작별을 고한 사람은 양평이었다.
"오늘 기 형의 무공은 빈도 평생 처음 보는 대단한 것이었소. 안계를 크게 넓힌 것 같소."
자신의 무공에 어느 정도 자부심을 갖고 있던 양평으로서는 기가 팍 꺾일 만한 일이었다.
아미삼봉도 가까이 다가와 작별을 고했다.
"기 공자가 아니었으면 바닥에 쓰러져 있는 건 어쩌면 우리였을지도 모르겠군요."

"오늘 도움은 잊지 않겠어요."

"별말씀을. 소생 역시 아미파의 무공에 감명을 받았습니다."

기무결의 말은 아미파를 높여주는 것이었다.

아미삼봉의 눈빛에 고마운 기색으로 가득했다.

그때, 우연히 기무결이 고개를 돌리다 부옥교와 눈빛이 마주쳤다.

순간 부옥교의 얼굴이 빨갛게 변했다. 왠지 기무결을 훔쳐보다 들킨 것 같아 어쩔 줄 몰랐던 것이다.

'난 몰라.'

이런 경우는 처음이었다.

남자들이 자신을 훔쳐보기만 했지 그녀가 남자를 쳐다본 적은 단 한 번도 없었던 것이다.

그녀의 얼굴은 더욱 빨개졌다.

"다, 다음에 또 만나요."

부옥교가 도망치듯 몸을 날려 저 멀리 사라져 갔다.

조예린과 심약란은 자꾸 웃음이 나오려는 것을 간신히 참았다.

"그럼, 다음에 봐요."

"사매, 같이 가!"

그녀들도 몸을 날려 사라지자 양평도 뒤를 따랐다.

전각은 또다시 정적에 휩싸였다.

어느새 시간은 오경이 되어가고 있었다.

"자, 이제 시작해 볼까?"

기무결은 은밀하게 챙겨두었던 땅문서들을 바닥에 펼치기 시작했다.

땅문서를 위조하는 건 그리 쉬운 일이 아니었다.

우선 필체가 비슷해야 하고, 직인도 찍혀 있어야 하는데, 완벽을 기하려고 한다면 시간은 더욱 오래 걸릴 수밖에 없었다.

하지만 기무결은 지금 이십여 개의 땅문서를 쉴 새 없이 위조하고 있었다. 굳이 완벽을 기할 필요까지는 없었기 때문에 그의 손놀림은 거침이 없었다.

세상에는 먹으면 탈이 나는 것이 있고, 전혀 탈이 없는 것이 있다.

기무결이 빼돌린 땅문서는 언제고 탈이 날 수밖에 없는 것이었다. 때문에 반드시 작업이 필요했다. 기무결은 땅문서들을 일일이 위조해 가짜 땅문서를 만들었고, 그것들을 악불존자와 식인광자의 품속에 넣어두었다.

이러면 설령 발각이 되어도 누구의 소행인지 알아내려면 꽤 오랜 시간이 필요할 것이다.

그사이 다양한 방법으로 상대의 추적을 피할 방법을 모색할 수 있었다.

"잠깐, 이게 뭐지?"

기무결이 마지막 땅문서를 위조하려는 순간이었다.

광산 부지 매매서였다.

대충 지형을 계산해 보니 무산 일대로 시작해서 화씨세가의 본가로 뻗어 있었다. 때문에 인부들이 오르내리고 물건을 운반하려면 반드시 화씨세가의 본가를 지나야 하는 것이다.

"그래서 화씨세가의 본가를 사들이려 했던 것이군."

그제야 모든 톱니바퀴가 맞아떨어지는 것 같았다.

하지만 굳이 이렇게까지 하면서 남들 눈을 속이려 할 필요가 있었을까?

그때 문득 기무결의 머릿속에 떠오르는 것이 있었다.

무산 일대에서 황금이 발견되었다는 소문이 떠돈 적이 있었던 것이다.

물론 소문은 열병처럼 중원을 강타했다가 서서히 사라져 갔다. 그 이후로 누구도 황금을 얻지 못했기 때문이었다.

한데, 지금 기무결의 눈앞에 광산 부지 매매서가 있다면 말이 달라진다.

"금광이다. 놈들은 금광을 찾아낸 것이었어."

第八章

고금제일의 부자

一

"여기 어디쯤인 것 같은데……."

기무결은 매매계약서에 적혀 있는 주소를 보고 금광의 위치를 찾고 있었지만, 같은 장소를 몇 번이나 돌고 있는지 몰랐다. 매매계약서에 적힌 것만으로 길을 찾아가는 건 그리 녹록한 일이 아니었다.

금광의 위치는 무산 십이봉 중 신녀봉에 있었다.

무산 삼협 가운데 산세가 가장 수려하고 아름답다고 알려진 것이 무협이다. 그중에서도 신녀봉은 항상 안개가 끼어 있고, 보슬비가 내려서 사람의 접근이 쉽지 않았다.

지금도 그랬다.

해가 뜨고 아침이 밝아왔지만, 신녀봉 일대에는 안개가 자욱하게 끼고 추적추적 보슬비가 내리고 있었다. 안개 때문에 시야가 넓지 못했고, 비까지 맞아서 기무결의 몰골은 말이 아니었다.

하지만 기무결의 눈빛은 어느 때보다도 반짝거리고 있었다. 이렇게 해서 금광을 찾을 수만 있다면 이까짓 고생은 백 번이라도 할 수 있었다.

"그것 참 이상하군."

기무결이 연신 고개를 갸웃거렸다.

분명 이 근처가 분명한 것 같긴 한데, 좀처럼 광산의 흔적이 나오지 않았다.

그는 혹시 자신이 빠뜨린 것이 있나 싶어 차근차근 주변을 살펴보기 시작했다.

그때, 갑자기 기무결의 발걸음이 기암괴석 앞에서 멈춰 섰다.

기암괴석은 제법 높이 펼쳐져 있었다.

족히 사오 장 높이는 되는 것 같았다.

처음에는 기암괴석이 넝쿨로 뒤덮여 있어서 그냥 지나쳤었는데, 지금 보니 넝쿨의 상태가 왠지 자연스럽지 못한 것 같았다.

기무결은 가까이 다가가 유심히 살펴본 다음에야 그 이유를 알 수 있었다.

기암괴석 중간에 누군가 커다란 바위로 동굴의 입구를 막아놓았던 것이다. 그리고 넝쿨을 심어놓아 사람들 눈에 띄지 않게 만들었던 것이다.

이러니 부자연스러울 수밖에 없었다.

이곳은 넝쿨이 자라는 곳이 아니었던 것이다.

하나 처음부터 주목하고 생각한 것이 아니라면 무심코 지나치기 십상이었다.

그그긍!

기무결이 넝쿨을 한쪽으로 걷어내고 바위를 옆으로 밀자 동굴 입구가 나타났다.

아니, 정확하게 말하면 광산의 입구였다.

"찾았다."

기무결이 환호성을 지르며 천천히 안으로 들어갔다.

주변은 칠흑처럼 어두웠지만, 기무결의 공력은 어두운 동굴도 볼 수 있는 능력이 있었다.

금광은 족히 십 장은 파 들어간 것 같았다.

이렇게 깊게 파고 들어간 광산은 처음인 것 같았다.

정상적인 상황이라면 진작 포기하고 떠났어야 하는데, 금이다 보니 포기하지 못하고 계속 작업을 진행한 것 같았다.

"응?"

문득 광산 안쪽에 인부의 시신으로 추정되는 수십 구의 백골이 쌓여 있는 것이 눈에 띄었다.

기무결이 눈살을 찌푸렸다.

아무래도 구룡회에서 비밀이 새어 나가는 것을 막기 위해 인부들을 죽인 것 같았다.

그렇다는 건 금맥과 관련된 단서를 얻었다는 뜻일 터였다.

기무결이 새삼스러운 눈길로 주변을 둘러보다 문득 발밑에서 무언가 반짝거리는 것을 보고 손가락에 묻혀 보았다.

"금가루다."

노란색의 가루가 그의 손가락에서 빛을 발하고 있었다.

기무결은 금광을 보기 전까지는 완전히 확신한 것은 아니었다.

한데, 이젠 자신이 금맥 한가운데 들어섰다는 것을 실감할 수 있었다.

기무결은 도저히 눈앞의 광경이 믿기지 않아 몇 번이고 자신의 볼을 꼬집어보았다.

황금이 얼마나 묻혀 있을까?

기무결의 머릿속에 가장 먼저 떠오른 생각이었다.

적으면 수십 만 냥에서 많으면 수백에서 수천 만 냥의 금이 묻혀 있을 것 같았다.

"헉? 수, 수천만 냥!"

그야말로 천문학적인 액수였다.

생각만 해도 절로 흐뭇해지고 입가에 미소가 그려졌다.

살수천자의 오천만 냥을 더하면 그는 천하제일의 부자를

넘어 고금제일의 부자도 될 수 있었다. 아마 평생 돈만 세다 늙어 죽을 수도 있었다.

"푸하하!"

아직 금을 캔 것도 아니건만 기무결은 천하를 다 얻은 기분이었다.

하지만 문제는 구룡회였다.

구룡회는 소문이 잠잠해질 때까지 금광을 폐쇄한 것 같았다.

원래 금광은 황실의 소유다.

이건 누구도 예외가 없었다.

만에 하나 금광을 사사로이 소유하다 적발이 되면 대역죄로 분류가 되어 구족이 멸문을 당할 수도 있었다.

그걸 구룡회가 모를 리 없었다.

아무리 황실과 무림이 서로의 구역을 침범하지 않는 것이 불문율이라 해도 금광은 그냥 넘어가기에는 사안이 너무 컸다.

한데 구룡회가 황실 몰래 금광을 가지려고 했으니 대담무쌍한 행동이 아닐 수 없었다.

기무결은 이제야 모든 게 일목요연하게 설명이 되었다.

구룡회 입장에서는 천하의 이목을 속여야만 했을 터.

무산 일대의 땅을 사서 사천당문과 아미파 그리고 청성파의 심기를 건드린 것도 황실의 이목을 속이기 위한 술수였다.

사람들로 하여금 보물이나 부동산 개발로 착각하게 만든 것도 치밀하게 계산된 행동이었을지 몰랐다.

하지만 결국 구룡회는 죽 쒀서 개를 준 꼴이었다.

기무결이 다 된 밥에 숟가락을 얹고 금광의 매매계약서를 손에 넣었기 때문이었다.

그는 황실의 추적 따위는 두렵지 않았지만, 그렇다고 대놓고 사람을 사서 금을 캘 수는 없었다.

"쩝! 혼자 이 많은 걸 캐는 것도 문제로구만."

남들이 알면 행복한 고민이라 욕을 퍼부을지 몰랐다.

다른 사람들은 황실이 가장 걸림돌이라 생각하겠지만, 기무결에겐 그저 무능하고 한심한 인간들만 모여 있는 곳이었다.

그는 신분을 위조해서 얼마든지 금광의 소유주를 다른 사람 명의로 속일 수 있었다.

황실의 능력으로 자신을 추적할 수 있을 리도 없지만, 설령 운이 좋아 추적을 해온다 해도 눈 하나 깜빡하지 않는다.

하나 금광의 존재를 알고 있는 구룡회는 다르다.

그들이 있는 이상 자신이 매매계약서를 가지고 있는 것만으로는 금광을 완전히 소유했다고 할 수 없었다.

이건 법적 다툼을 통해 매매계약서의 주인을 가리는 그런 차원의 문제가 아니었다.

그건 곧 만천하에 금광의 존재를 알리는 꼴이기 때문이었다. 그렇다고 신분 위조를 통해 자신의 존재를 속인다고 해결되는 일도 아니었다.

구룡회에서 힘으로 밀고 들어와 금광을 점령하면 그만인 것이다.

금광을 차지하기 위해 수단과 방법을 가리지 않았던 구룡회가 겨우 매매계약서 하나 없어졌다고 포기할 리 없었다.

"흐음. 뭐, 좋은 방법이 없을까? 그 씨뱅이들만 없어져 주면 딱 좋겠는데 말이야."

기무결의 머릿속에 온갖 계략과 술수들이 떠오르기 시작했다.

二

구룡회를 상대하는 건 분명히 어려운 일이었다.

특히 그들의 뒤에는 정체를 알 수 없는 의문의 세력이 버티고 있지 않던가?

악불존자와 식인광자 같은 고수들을 배후 조종하고 있을 정도라면 결코 쉽게 생각할 자들이 아니라는 뜻이었다.

그렇다고 그의 사전에 일확천금을 놓고 포기하는 일은 없었다.

일단 확실한 전략이 필요했다.

조금이라도 어설프게 대응을 했다가는 오히려 당할 공산

이 컸다.

"좋아. 까짓것 죽기 아니면 까무러치기지 뭐."

그는 일단 만일의 사태에 대비해 금광의 소유주를 가상의 인물로 만들어놓았다.

이것만 해도 추적하는 데 벅찰 것이었다.

한데, 기무결은 여기에 더해 차명계좌를 만들고 유령 상단도 만들었다. 금광에서 일을 하려면 인부들이 필요한데, 그 인부들까지 모두 가짜로 만들어놓았다. 처음부터 끝까지 모든 것이 다 가짜이니 누굴 추적해 온다는 것이 사실상 불가능한 일이었다.

"아함!"

지난 이틀 동안 잠도 자지 않고 신분 위조에 열을 올린 탓에 눈이 충혈되어 있었다.

하지만 일을 다 끝내고 나니 마음이 이렇게 편할 수가 없었다. 이제 남은 것은 금광의 비밀을 알고 있는 유일한 증인이라 할 수 있는 구룡회를 제거하는 것이었다.

자고로 죽은 자는 말이 없다고 하지 않았던가?

기무결은 이것 역시 치밀하게 계획을 세워둔 뒤였다.

절대 실패할 일은 없지만, 화은설과 영영의 도움이 절대적으로 필요한 일이었다.

기무결이 화씨세가의 본가로 돌아왔을 때는 이미 이틀이 지난 뒤였다. 화은설에게 아무 말도 하지 않고 나갔다가 이틀

만에 돌아오는 길이라 걱정하고 있을 게 뻔했다.

아니나 다를까 화은설은 밥도 안 먹고 기다리고 있다가 기무결이 오자 득달같이 달려와 물었다.

"어디 갔다가 이제 오는 거야?"

"잠시 볼일이 있어서……."

"악불존자와 식인광자를 죽였다며? 다친 곳은 없어?"

"그걸 아가씨가 어떻게 압니까?"

"쳇, 무산 일대에 소문이 쫙 퍼졌거든?"

화은설이 황당한 표정으로 말했다.

아무리 소문의 당사자가 가장 늦게 듣는다고 해도 그렇지, 지금 악불존자와 식인광자로 인해 무산 일대가, 아니, 사천성이 크게 들썩거리고 있었던 것이다.

어찌 그렇지 않겠는가?

악불존자는 소뢰음사를 대표하는 절정의 고수였고, 식인광자는 변황의 고수였다.

그들은 수십 년 전에 명성을 떨쳤던 전대 마인으로 그 악명이 지금까지 전해져 내려올 정도였다.

한데 기무결이 그들의 합공을 단 일 초 만에 무너뜨리고 그들을 죽였으니 천하가 놀라는 것은 당연한 일이었다.

일초무적자 기무결.

고의 이름이 또 한 번 천하무림을 진동하는 순간이었다.

三

화은설은 무슨 일을 하든 도무지 홍이 나지 않았다.

그녀는 고민이 이만저만 큰 것이 아니었다.

화씨세가의 전각이며 처소가 낡고 부서져 당장 수리를 해야 하는데, 지금 그럴 만한 돈이 전혀 없다는 것이었다.

옛날에는 여러 개의 사업장을 거느리고 있으면서 막대한 수입을 올릴 수 있었지만, 지금은 남아 있는 사업장이 하나도 없었다. 화씨세가의 이름을 걸면 사람들의 손가락질을 받을 때가 있었다. 그건 지금도 마찬가지였고, 사업도 예외는 아니었다.

때문에 경영이 어려워 망한 사업장도 있었고, 살아남기 위해 화씨세가를 배신하고 독립을 하거나 다른 곳으로 갈아탄 사업장도 있었다.

아무튼, 그런저런 이유로 화씨세가는 몇 년째 변변한 수리를 하지 못한 채 본가 건물들을 방치해 오고 있었던 것이다.

기무결이 산해관 지부의 사건을 해결하는 과정에서 중개업체를 만들고 그 명의를 화은설의 이름으로 했었다.

그것만 가동이 된다면 당장 급한 불은 끌 수 있을 터였다.

하나 문제는 그게 겨우 한 달이 조금 넘은 일이라 수익이 나려면 몇 개월 정도 더 기다려야 한다는 것이었다.

이대로 일이 년 만 더 있으면 정말 폐가로 변할 것만 같았다.

전답과 건물 몇 개만 팔면 깨끗하게 수리할 수 있을 것 같았지만, 지금은 그나마도 확신할 수 없었다. 구룡회에서 유언비어를 퍼뜨리는 바람에 땅값이 대폭 떨어졌기 때문이었다.

화은설은 그것만 생각하면 자다가도 이가 북북 갈릴 지경이었다.

더구나 아직도 구룡회에서 본가를 노린다고 하지 않던가?

화은설은 구룡회에게 당한 모욕을 갚지도 못하고 전답과 건물을 팔 생각이나 하고 있으니 자신이 생각해도 한심하기 짝이 없었다.

사실 전답과 건물을 파는 것 자체가 선조들에게 죄를 짓는 일이었다. 이는 그녀가 무능해서 선조들이 피땀 흘려 일궈 놓은 세가의 재산을 파는 것이기 때문이었다.

하지만 그나마도 하지 않으면 이대로 화씨세가가 영원히 폐가로 변할 것 같아 두려웠다.

"휴! 뭐, 좋은 방법이 없을까?"

막상 기무결에게 고민을 털어놓고 의견을 묻긴 했지만, 이번에는 정말 천하의 기무결이라도 방법이 없을 것 같았다.

다른 것도 아니고 돈과 관련된 일이었다.

그렇다고 한두 푼 드는 것이라면 이렇게까지 고민하지도 않을 터였다.

사업장을 직접 차리는 것도 생각해 보았지만, 그것도 초기

자본이 있어야 가능한 일인데다 설령 자본이 생겨도 문제였다. 이미 무산 일대에서 인심을 잃은 화씨세가가 온전히 거래처를 뚫을 수 있을지도 의문이었다.

기무결이 빙그레 웃으며 대답했다.

"그렇게 어려운 일도 아니군요."

"뭐, 뭐라고? 이게 어려운 일이 아니라고?"

화은설은 처음엔 자신이 잘못 들은 줄 알았다.

기무결이 다리 건설 입찰을 따내며 다 죽어가던 산해관 지부를 살려낸 적이 있긴 있었다.

하지만 지금 이건 그때와는 비교할 수 없는 일이었다. 무산 일대에는 입찰 수주건도 없었고, 그렇다고 전답과 건물을 싼 가격에 팔 수도 없었다. 아무리 머리를 굴려도 답이 나오지 않는 상황이었다.

그때, 기무결이 눈빛을 반짝이며 은근한 목소리로 속삭였다.

"아주 쉽게 돈도 벌고 구룡회에게 복수할 수 있는 방법이 있습니다. 어떻게, 한번 해보시겠습니까?"

四

돈을 버는 건 어떤 것이 되었든 어려운 법이다.

오죽 하면 남의 돈 먹는 게 쉽지 않다는 말까지 나왔을까.

그건 평생 일이라고는 해본 적이 없는 화은설도 알고 있는 일이었다.

하지만 화은설은 기무결의 말을 듣고 난 이후 정말 이렇게만 하면 돈을 쉽게 벌 수 있을 것 같았다.

아니, 그건 일이라기보다는 약간 사기에 가까운 것이었다.

기무결의 품에는 구룡회가 사들인 땅문서가 있었다. 물론 악불존자와 식인광자의 품에는 위조한 문서로 바꿔치기 했다.

계획은 거기에서부터 출발한다.

기무결은 이 땅문서를 담보로 돈을 빌릴 생각이었다.

땅문서가 진짜이니 돈을 빌리는 건 그리 어렵지 않았다.

"지금부터 전당포와 사채업자들을 찾아다니며 땅문서를 담보로 돈을 빌린 다음 차용증을 받아 오세요."

"그런 다음에는?"

"돈은 그냥 우리가 쓰면 됩니다. 차용증은 아무 데나 버려도 상관 없구요."

어차피 돈을 주고 되찾을 것도 아니어서 차용증은 형식적으로 받아 오는 것뿐이었다.

화은설이 걱정스러운 표정으로 물었다.

"그러다 혹시라도 잘못되면 어떡해?"

"클클! 잘못되라고 돈을 빌리는 겁니다."

"그, 그게 무슨 말이야? 잘못되라고 돈을 빌리다니."

화은설은 이런 해괴망측한 소리는 처음이었다.

하나 기무결은 빙그레 웃었다.

전당포는 기한 내에 물건을 찾아가지 않으면 땅문서를 자신들이 갖는 것을 원칙으로 한다.

하지만 사채업자는 다르다. 만약 기한 내에 돈을 갚지 않으면 막대한 이자를 물리려 할 것이었다.

기무결이 노리는 것은 바로 그것이었다.

땅문서의 주인은 구룡회로 되어 있었다. 당연히 사채업자들은 구룡회에게 이자를 물리려 할 것이고, 구룡회는 자신들이 가지고 있는 땅문서가 가짜인지도 모르고 펄쩍 뛸 것이 틀림없었다.

"그렇게 공방을 벌이다 보면 자연스럽게 전당포도 관련이 있다는 것을 알게 될 테고, 그럼 관아로 가서 시시비비를 가리는 것밖에 없다는 것을 알게 될 겁니다."

"아! 그렇게 될 가능성이 크겠네."

"하지만, 구룡회가 가지고 있는 땅문서는 가짜죠. 그들은 졸지에 가짜 땅문서로 사기를 치려 한 파렴치한으로 몰리게 될 겁니다."

물론 땅문서를 위조한 것부터가 범죄 행위였고, 당연히 그 죄질은 상당히 무거운 축에 속한다.

그러니 사건이 관아로만 넘어가면 구룡회는 절대 빠져나갈 수 없다는 뜻이었다.

다른 것도 아니고 사천성의 무림을 넘보는 구룡회로서는 한마디로 쪽이 팔리는 일이었고, 명성이나 자존심에 크게 흠집이 나고 말 것이었다.

하지만 이건 시작에 불과했다.

아미파와 청성파가 구룡회의 배후를 캐기 위해 손을 잡을 가능성이 크다. 거기에 사천당문까지 합세를 한다면 구룡회는 관아와 사천성의 삼대문파를 동시에 상대해야 하는 셈이었다.

"호호! 역시 넌 천재야. 어떻게 그런 기발한 생각을 할 수 있는 거야?"

화은설은 그제야 얼굴이 밝아졌다.

그녀는 십 년 묵은 체증이 싹 내려가는 기분이었다.

구룡회에게 당한 빚도 이것으로 충분히 되갚을 수 있을 것 같았고, 무엇보다 세가를 깨끗하게 수리할 수 있게 된 것이다.

五

그건 번갯불에 콩을 볶아 먹는 것보다 더 빠르게 진행이 되어야 하는 일이었다.

땅문서를 담보로 돈을 빌리는 행위는 그리 많지 않다.

한 달에 서너 건 정도도 많다고 봐야 한다.

한데 하루에 십여 건이 일시에 쏟아져 나오면 누구라도 의심을 품게 마련이다.

기무결은 전당포와 사채업자 일당 사이에 소문이 퍼지기 전에 속전속결로 끝내야만 했다.

원래 땅문서는 이십여 개였지만 담보로 내놓은 것은 십여 개였고, 그마저도 별다른 흥정을 하지 않고 처분해 버렸다.

이는 전당포와 사채업자들의 생리를 알아야 가능한 일이었다.

원래 이 바닥이 생각보다 좁아터진데다 거물급 매물이 나오면 얼마 가지 않아 경쟁 업체의 귀에 들어가기 때문이었다.

그걸 모르고 거래를 했다가는 낭패를 당하기 십상이었다.

하지만 기무결이 누군가?

그는 이 바닥 생리를 자신의 손바닥 보듯 꿰뚫고 있었다.

아무튼, 기무결과 화은설 그리고 영영은 반나절 동안 무산 일대의 전당포와 사채업자들을 찾아다니며 십여 개의 땅문서를 담보로 돈을 빌렸다.

워낙 속전속결로 이루어지다 보니 소문이 날 시간조차 없었다.

그렇게 빌린 돈이 무려 오천 냥이 넘었다.

하나 화은설은 화를 삭이지 못해 아까부터 계속 씩씩거렸다.

정상적으로 제값을 주고 돈을 빌렸다면 족히 만 냥은 받았을 것이었다.

전당포는 담보에 비해 턱없이 낮은 돈을 빌려주었다. 그게 채 절반도 안 되는 가격이었다. 그러니 속에서 열불이 터지지 않을 수 없었다.

화은설은 속전속결로 처리를 하는 것만 아니었다면 몇 시간이고 흥정을 벌였을지 몰랐다.

그나마 사채업자들은 삼분지 이 정도의 금액으로 돈을 빌려주었다. 그들은 담보를 높게 잡아야 나중에 이자를 많이 받아먹을 수 있기 때문이었다.

화은설은 자신의 눈앞에 모인 오천 냥을 보며 꿈을 꾸는 것 같았다.

오천 냥이면 엄청나게 큰돈이었다. 어지간한 사람은 평생 보지도 못할 일이었다. 하물며 장사를 했어도 몇 년은 걸려야 벌 수 있는 돈이었다. 그걸 반나절 만에 번 것이다. 아무리 봐도 기무결이 사람으로 보이지 않았다.

이제 세가의 낡고 부서진 곳을 깨끗하게 수리하는 건 물론이고 몇 년은 아무 걱정 하지 않고 관리할 수 있을 터였다. 어쩌면 시녀와 하인들도 구하고 흩어졌던 세가의 제자들도 다시금 불러들이면 예전의 영화를 되찾는 것도 조만간에 이루어질 것만 같은 기분이 들었다. 물론 기무결이 있어야만 가능한 일이긴 했다.

그때였다.

기무결이 깐족을 대며 산통을 깨버리고 말았다.

"쯧쯧, 아직 이 정도로 감동하기엔 이릅니다."

"누, 누가 감동했다고 그래."

화은설은 속내를 들킨 것 같아 얼굴이 새빨갛게 변했다.

사실 그녀는 억지로 눈물을 참고 있었지만, 영영은 감동한 나머지 눈물 콧물 흘려가며 울고 있었다.

"구룡회를 때려잡기 전에는 만족하면 안 된다는 말입니다."

"그걸 누가 몰라?"

누구보다 화은설이 구룡회를 때려잡고 그동안 당한 치욕과 모욕을 갚고 싶은 마음이 었다.

"다들 원금 상환 기한 날짜를 칠 일로 맞춰놨겠죠?"

"그거야 두말하면 잔소리지."

시간을 더 앞당기고 싶어도 사채업자들의 규칙이 칠 일 이내로는 거래를 하지 않았다. 그러다 보니 전당포 쪽도 날짜를 균일하게 맞췄던 것이다.

"후후! 그럼 이제 조용히 기다리는 일만 남았군요."

六

구룡회가 불과 몇 년 만에 사천성에서 알아주는 방파로 성장하게 된 배경은 모든 사람에게 신비 그 자체였다.

원래 구룡회의 아홉 명의 회주는 젊었을 적엔 별 볼 일 없는 떠돌이 용병들로 알려져 있었기 때문이었다.

한데 그런 그들이 어느 순간 구룡회를 만들더니 점차적으로 세력을 확장해 나갔다.

또한 그들 아홉 명은 하나같이 예전과는 비교할 수 없을 정도로 무공이 높아져 누구도 무시할 수 없을 정도였다.

그들 아홉 명의 무공 내력이 어떤 것인지는 자세히 알려진 것이 없었다. 어떤 사람들은 그들이 전대 고수의 비급을 얻어 고수가 되었다고 수군거렸고, 어떤 자들은 단기간에 내공을 급증시킬 수 있는 마공을 익혔을지도 모른다고 말했다.

어떤 것이 정답인지는 모르지만, 중요한 것은 더 이상 그들은 별 볼 일 없는 떠돌이 용병이 아니라는 것이었다.

이제는 사천성에서 풍운을 만들어내고 있었고, 사천당문과 아미파 그리고 청성파와 어깨를 나란히 하고 있었다.

화려하게 생긴 대전 안이었다.

이곳은 구룡회 안에서도 가장 은밀한 곳으로 오직 아홉 명의 회주만이 이용할 수 있는 공간이었다.

한데 지금 방 안에는 열 명의 사람이 있었다.

방 한가운데 길게 늘어선 직사각형의 탁자가 있었고, 양쪽으로 아홉 명의 회주가 앉아 있었다. 그건 태상회주인 초량 역시 마찬가지였다. 평소였다면 그가 상석에 앉아 회의를 주재했겠지만, 오늘은 예외였다. 상석의 몫은 열 번째 인물의 것이었고, 회의를 주도하고 있는 사람 역시 그의 것이었다.

"무슨 일을 이따위로 처리하는 것인가?"

열 번째 사내가 못마땅한 목소리로 말하자 아홉 명의 회주는 눈치 보기에 급급했다.

지금 이 자리에 그보다 나이가 어린 사람은 단 한 명도 없었다. 심지어 초량은 아버지뻘이라 해도 과언이 아니었지만, 사십 대 중반의 사나이는 아랫사람 부리듯 아홉 명의 회주를 대하고 있었다.

"사천당문과 아미파와 청성파가 배후를 조사하겠다며 손을 잡았소. 그대들은 이번 일을 어떻게 해결할 것인가?"

확실히 이건 그들의 계획에는 없던 일이었다.

원래 사천당문과 아미파 그리고 청성파는 그리 사이가 좋지 못했다. 사천성의 패권을 놓고 알게 모르게 자존심 싸움을 벌이고 있었고, 그들의 관계도 조금 애매한 구석이 있었다.

사천당문은 육문칠가의 한 곳.

그에 반해 아미파와 청성파는 구파일방이다.

구파일방은 예전부터 왕래를 하며 우의를 다져온 터라 그나마 관계가 좋다고 할 수 있지만, 당금 무림맹을 지배하고 있는 곳은 육문칠가였다.

화진악이 죽은 이후 구파일방은 무림맹의 권력에서 차츰 밀려나 지금처럼 육문칠가 천하가 완성된 것이다. 당연히 구파일방과 육문칠가 사이가 좋을 리 없는 것이다.

구룡회는 그들의 관계를 철저히 이용하고 있었다.

한데 폐가에서의 일 때문에 사천당문과 아미파 그리고 청성파가 서로 손을 잡았다.

원래라면 그들 삼대방파가 서로 오해를 만들어서 싸우도록 하든가, 아니면 각개격파로 하나씩 해치우는 것이었다.

그게 완전히 어긋나면서 아홉 명의 회주는 궁지에 몰린 기분이었다.

초량이 힘겨운 목소리로 대답했다.

"주인님께서 이번 한 번만 도와주신다면 평생 그 은혜는 잊지 않겠소이다."

"갈! 우리의 배후가 드러날 판이거늘 또 한 번 도와달라? 주인님께서 그걸 용납하실 거라 믿는가?"

아홉 명의 회주가 식은땀을 흘렸다.

주인이란 자는 아주 무서운 사람이었다. 그의 무공은 측량할 수 없을 만큼 깊었고, 심기도 뛰어나서 도무지 인간으로 보이지 않았다.

사실 별 볼 일 없던 그들에게 무공을 전해준 사람이 주인이란 자였다.

하지만 더 무서운 것은 그들이 주인에게 배운 것은 단 일초라는 사실이었다. 그것만으로도 그들은 구룡회를 사천성 최고의 문파로 만들 수 있었던 것이다.

눈앞의 열 번째 인물인 사십 대 중반인만 해도 그랬다.

그는 주인이란 자의 말을 전해주는 집법사자와 같은 존재였는데, 그들 아홉 명이 달려들어도 일 초를 감당할 수 없을 정도로 무서운 고수였다.

주인에게 무공을 배운 사람은 하나같이 고수가 아닌 사람이 없는 것이다.

만약 그들이 주인에게 몇 초식만 더 배울 수 있다면 천하를 호령하는 초절정고수가 되었겠지만, 그들의 인연은 단 일 초식뿐이었다.

그때, 열 번째 사내가 잠시 침묵을 깨고 천천히 입을 열었다.

"그대들에게 마지막으로 한 번만 더 기회를 주겠다."

"그, 그게 정말이십니까?"

"그렇다. 대신 이번에는 그 어떤 실패도 용납할 수 없다."

"그야 여부가 있겠습니까? 한데, 저희가 어떻게 해야 하는지……."

"사천당문과 아미파와 청성파가 지원군을 보냈으니 아마도 최정예들일 것이다."

그렇다면 정작 본산에는 쓸 만한 고수들이 별로 없을 수도 있다는 소리.

이곳으로 몰려오는 자들만 처리하면 자연스럽게 사천당문과 아미파와 청성파를 무너뜨릴 수 있다는 것이 아니고 무엇이겠는가?

"고수를 몇 명 더 지원해 주겠다. 그대들은 누굴 원하는가?"

"저희들이 선택을 해도 되는 겁니까?"

"기왕 판을 벌인 이상 확실하게 마무리를 짓는 게 좋겠지."

"그, 그렇다면 오사와 십강 중 두세 명만 지원해 주시면 안 되겠습니까?"

아홉 명의 회주는 말을 하고 나서도 자신들이 더 놀랐다.

그도 그럴 것이 그들은 신강 최고의 고수들이었기 때문이었다. 그리고 이들은 지금까지 구룡회를 도와준 자들과는 차원이 다른 고수였다.

열 번째 사내도 눈살을 찌푸렸지만, 이내 고개를 끄덕였다.

"오냐, 좋다. 기왕이면 변황과 서장에서도 최고 고수들로 몇 명 보내주마."

"그, 그게 가능한 것입니까?"

그들이 의심하는 것도 무리가 아니었다.

변황과 대막, 그리고 서장의 무림을 합쳐 새외삼패라 한다.

더구나 열 번째 사내가 언급한 고수들은 새외삼패 최고의 고수로 자존심이 강한 그들이 남의 명령을 들을 리 없기 때문이었다.

"흐흐, 주인님의 능력을 아직도 의심하느냐? 그분은 이미 새외삼패를 일통하셨느니라."

"오오!"

아홉 명의 회주는 진정으로 놀라지 않을 수 없었다.

새외삼패를 일통한 사람은 수천 년 무림사에 처음 있는 일이거니와 더욱 놀라운 것은 이런 엄청난 소문이 전혀 나지 않았다는 것이었다.

'그렇다면 사천당문과 아미파와 청성파를 쓸어버리는 것도 더 이상 불가능한 일이 아니다.'

第九章

구룡겹화

一

평화로운 나날의 연속이었다.

화은설은 인부들을 고용해서 세가를 고치고 수리하는 데 여념이 없었다. 며칠 전만 하더라도 을씨년스러웠던 본가가 이제는 활력이 넘치고 있었다.

초 노인은 자리를 훌훌 털고 일어나 일손을 거들었다.

화은설이 만류해 보았지만 소용이 없었다.

음식을 담당한 사람은 당연히 영영이었다. 그녀는 인부들이 먹을 음식까지 챙기는 알뜰함을 보여주었다.

기무결은 최근에 특이한 버릇이 생겼다.

새벽에 일찍 일어나 금광으로 향하는 것이 바로 그것이

었다.

처음에는 금방이라도 거부가 될 것 같았다.

하지만 채광 작업은 그리 녹록한 것이 아니었다.

하루 종일 일을 해도 금을 얻을까 말까 한 것이 채광 작업이었다.

금은 채굴하는 방식에 따라 사금이 있고 산금이 있다.

사금은 주로 하천에서 모래나 흙과 함께 침전되어 있는 것을 말하고 산금은 말 그대로 산에서 캐는 것이다.

기무결이 발견한 금광은 당연히 산금이었다. 산금은 암석에 금맥 형태로 매장되어 있어서 새끼손톱만큼의 황금을 얻으려면 집채만 한 바위 수십 개를 부수고 흙은 또 얼마나 파내야 하는지 몰랐다.

기무결은 무공을 수련한다는 기분으로 바위를 부수고 흙을 퍼 날랐다. 너무 강하게 치면 광도가 무너질 것이고, 그렇다고 너무 약하게 치면 별 효과가 없었다. 적당한 힘을 유지하며 때리는 것이 관건이었다.

그는 이렇게도 해보고 저렇게도 해보며 가장 효율적인 방법을 찾기에 몰두했다.

그렇게 며칠을 작업한 끝에 기무결은 주먹크기만 한 황금을 얻을 수 있었다. 무게로 따지면 대략 열 근 정도 되는 것 같았다.

시가로 계산하면 몇천 냥은 족히 나갈 것이었다.

보통 사람들은 평생 가도 만져 보기 어려운 엄청난 돈이었다.

기무결은 드디어 자신이 부자가 되었다는 사실을 실감했다. 아직 금광에는 캐야 할 황금이 훨씬 많았다. 이곳에 얼마나 더 많은 황금이 매장되어 있는지 추측할 수 없었다.

이제 평생 문서를 위조하는 일 따윈 하지 않아도 떵떵거리며 살 수 있었다.

물론 대궐 같은 집도 짓고 시녀와 하인도 원하는 대로 부리며 황제 부럽지 않게 살 수 있었다.

하지만 아직 넘어야 할 길이 남아 있었다.

이 모든 작업을 기무결 혼자 해야 한다는 것이었다.

황실 몰래 하는 일에 공공연하게 인부들을 고용할 수는 없는 노릇 아닌가?

"끙!"

기무결은 머리가 지끈거렸다.

무림맹에는 사천만 냥이 묻혀 있었고, 이곳에는 수많은 황금이 묻혀 있었지만, 어느 하나 쉬운 게 없었다.

기무결이 화씨세가로 돌아온 것은 해가 저물어갈 때였다.

새벽에 나갈 때는 깨끗한 차림이었지만, 돌아올 때는 흙먼지를 잔뜩 뒤집어쓴 모습이 영락없는 거지였다.

화은설은 매번 그것이 이상했지만, 무슨 특이한 무공을 수련하나 보다 하고 묻는 걸 그만두었다.

"이것 좀 봐봐."

화은설이 기무결에게 무언가를 내밀었다.

그건 다름 아닌 구룡회에서 보내온 초대장이었다.

—이달 열여드레 날에 천하 영웅들 앞에 모든 의혹을 밝힐 것이니 부디 참석해 주셔서 자리를 빛내주십시오.

화은설은 그들의 의도를 의심하고 있었다.

분명 자신들을 불러놓고 무슨 음모를 꾸미려고 한다고 믿고 있었다.

그건 기무결 역시 마찬가지였다.

하지만 천하 영웅이라 했으니 사천당문과 아미파와 청성파도 초대했을 가능성이 높았다.

그들 모두를 한자리에서 어떻게 하기에는 사실 말이 안 되는 일이었다.

"흐음, 십팔 일까지면 며칠 남지 않았군요."

"어떻게 할 생각이야?"

"초대를 받았는데 가지 않으면 사람들이 겁쟁이라 비웃지 않겠습니까?"

"그거야 그렇긴 하지만……."

"조만간에 땅문서 사건이 수면 위로 떠오르면 초대하지 않아도 가서 구경할 생각이었으니 차라리 잘됐죠, 뭐."

그건 그랬다.

때문에 화은설도 조만간 떠날 차비를 끝내고 작업과 관련된 것은 전부 초 노인에게 부탁해 놓은 뒤였다.

다음 날 아침.

그들은 본가를 떠나 대파산으로 향했다.

二

제갈량이 위나라를 정벌하기 위해 만들었다는 촉잔도를 지나면 바로 구룡회가 나온다.

구룡회는 사천성과 섬서성 경계 지역에 자리하고 있었다.

정오 무렵이었다.

십여 명의 여인이 초량현에 들어섰다.

그녀들은 무산을 떠나 구룡회로 향하고 있는 아미파의 제자들이었다.

선두에 선 노파는 절정사태였다.

그녀는 이미 환갑을 바라보는 나이였지만, 여전히 성정이 괄괄했다. 젊었을 때 마도와 사파의 무리에게 손속에 사정을 두지 않았던 성격이 지금도 여전히 그랬다. 오죽하면 마도와 사파의 고수들 사이에서 아미수라라고 부를 정도였다. 이는 아미파와 아수라를 합친 말로 아미파의 마귀라는 뜻이었다.

하지만 절정사태는 세간의 이목 따위는 신경 쓰지 않았다.

그녀의 뒤를 아미삼봉이 따르고 있었다.

그녀들은 절정사태의 정수를 이어받은 기재답게 대파산의 험한 산령을 넘었음에도 전혀 지친 기색이 없었다.

"사저, 오늘이 드디어 십팔일이네요."

"그렇구나! 사천당문과 청성파는 벌써 도착했는지 모르겠구나!"

출발은 서로 비슷하게 했지만, 본산을 떠난 지원군과 중간에서 합류하는 문제로 중간에서 헤어졌다.

"구룡회가 뭐라고 변명을 할까요?"

"흥, 그거야 모르는 일이지. 강호는 생각보다 음험하고 무서운 곳이야. 그자들이 순순히 변명만 할 거라고는 생각하지 않아."

아미파도 초대장을 받고 의심하긴 마찬가지였다.

그렇다고 아미파가 겁을 먹고 피할 이유는 없었다.

그들은 구룡회 따위는 안중에도 두지 않았고, 굳이 초대장이 아니었어도 사천당문과 청성파와 함께 구룡회로 쳐들어갈 생각이었다.

그래도 만반의 준비를 하지 않을 수 없었다.

본산에 지원을 요청한 것 역시 그런 이유였다.

원래 아미파는 대파산을 넘기 전에 지원군과 만날 예정이었는데 며칠을 기다려도 오지 않았다.

결국 정해진 시간이 다가오자 하는 수 없이 그녀들만 대파산을 넘었던 것이다.

하지만 누구 하나 걱정하는 사람은 없었다.

지원군을 이끄는 사람은 절인사태와 절예사태로 그녀들 두 사람은 가히 아미파 최고의 고수라 해도 과언이 아닌 초절정고수이기 때문이었다.

항간에는 절정사태의 명성이 가장 높았지만, 사실 공력으로 따지면 결코 절인사태와 절예사태를 따라갈 수 없었다.

그녀들의 검법은 무림에서 일절로 평가받을 정도였고, 무당파의 장문인인 청송자와 견줄 만큼 빠르고 뛰어났다.

그래서였다.

그녀들 중 한 명만 있어도 천하에 적수를 찾기 어려운 마당에 두 명이 가세를 했으니 그 누가 당할 수 있겠는가?

절정사태와 아미삼봉의 믿음은 그저 얻어진 것이 아닌 것이다.

하나 대파산만 넘으면 금방 만날 줄 알았던 지원군은 여전히 만날 수 없었다. 부옥교가 고개를 갸웃거리며 절정사태에게 말했다.

"사부님, 여기에도 사백님들은 안 계시네요."

"흐음. 아무래도 우리와 길이 엇갈린 모양이구나!"

절정사태의 목소리는 그야말로 카랑카랑해서 여장부다운

느낌이 들었다.

그녀도 이상한 생각은 들었지만, 그렇다고 무슨 일이 생겼다고는 믿지 않았다. 어쩌면 이곳으로 오다 중간에 사천당문과 청성파의 지원군과 만나 곧장 구룡회로 갔을 수도 있었다.

"일단 구룡회로 가자꾸나!"

길이 엇갈렸다면 결국 구룡회에 가야 만날 수 있을 터였다.

그러면서도 아미삼봉에게 단단히 주의를 주었다.

"구룡회가 무슨 수작을 부릴지는 아무도 모른다. 때문에 음식이나 술에 독이 들어 있을 모르니 각별히 주의해야 하느니라."

아미삼봉이 조용히 절정사태의 말을 경청하고 있을 때였다. 그리 멀지 않은 곳에서 수풀이 부스럭대는 소리와 함께 누군가 이곳으로 다가오고 있는 것이 아닌가?

절정사태는 물론이고 아미삼봉 역시 공력이 높아서 금방 인기척을 느낄 수 있었다.

그녀들은 한창 구룡회가 무슨 수작을 부릴지 몰라 대비하고 있던 중이라 더욱 의심이 높아졌다.

바로 그때, 젊은 남녀의 목소리가 들려오는 듯싶더니 이내 일남이녀가 모습을 드러냈다.

그랬다.

그들은 무산을 떠나 구룡회로 향하던 기무결과 화은설 그리고 영영이었던 것이다.

"기 공자를 여기서 뵐 줄은 몰랐네요."

아미삼봉의 얼굴에는 반가운 기색이 떠올랐다.

"세 분 소저, 그동안 별래 무양하셨습니까?"

"저희는 구룡회의 초대를 받고 가는 중인데, 기 공자님은 어쩐 일이세요?"

"후후! 저희도 초대를 받고 가는 중입니다."

"아! 그런 줄 몰랐네요. 참, 이분은 저희 사부님이신 절정사태세요."

아미삼봉이 절정사태를 소개시켜 주자 기무결이 포권을 취해 인사를 했다.

"소생은 기무결이라 합니다."

"호오, 자네가 그 기 공자란 사람이로군."

절정사태가 예리한 눈빛으로 기무결의 전신을 훑어보았다.

호기심이 이는 건 당연한 일이었다.

세상에 기무결처럼 빠르게 명성을 얻은 사람도 드물 것이었다. 그것도 단 두 번의 싸움으로 기무결은 정천구룡에 버금가는 명성을 얻고 있었다.

아미삼봉은 자존심이 강하고 고고하기가 하늘을 찌를 듯한 여인들이었다.

하지만 기무결에 관해서는 입에 침이 마르도록 칭찬을 해서 절정사태는 진작부터 기무결에 대해 호기심을 느끼고 있었다.

문득 그녀의 눈에 이채가 떠올랐다.

'어린 나이에 실로 대단한 경지로구나!'

기무결의 몸에서는 어디에도 공력을 익힌 흔적이 느껴지지 않았다. 아마 처음부터 기무결이라는 것을 몰랐다면 평범한 백면서생으로 착각했을 것이었다.

화은설과 영영은 새삼스러운 눈길로 기무결을 쳐다보았다.

그럴 수밖에 없는 것이 아미파가 먼저 다가와 아는 척을 한다는 건 그만큼 기무결의 위상이 높아졌다는 뜻이었다.

아미파는 당당한 명문정파였다.

백주대낮에 사문의 제자가 먼저 낯선 남자에게 아는 척을 한다는 것은 있을 수 없는 일이었다.

하물며 절정사태는 천하가 알아주는 불같은 성정의 소유자인 것이다.

그녀가 아미삼봉의 행동을 용인했다는 것은 확실히 기무결의 능력을 인정했다는 뜻이기도 했다.

'그나저나 이 계집들은 언제 기무결을 봤다고 이렇게 친한 척인데?'

유독 화은설 혼자만 아미삼봉의 행동이 눈에 거슬렸다.

三

구룡회는 한창 손님 맞을 준비로 분주했다.

아미파와 기무결 일행이 도착하자 일곱 번째 회주가 직접 마중을 나왔다. 그건 그만큼 구룡회가 손님을 대하는 자세에 조금의 소홀함도 없다는 뜻이었다.

"핫핫! 소생은 우일신이라 하오. 이렇게 명성이 자자한 아미파의 고수들을 직접 뵙게 되어 무상의 영광이외다."

우일신은 음침하게 생긴 오십 대 초반의 인물이었다.

"다들 기다리고 있으니 소생이 안으로 안내하겠소."

"사천당문과 청성파가 모두 왔단 말이오?"

"후훗! 한 시진 전에 도착을 해서 절정사태를 기다리고 있는 중이오."

"우리 말고 아미파에서 찾아온 사람들은 없었소?"

절정사태는 당연히 본산의 지원군이 이곳에 먼저 와 있을 거라고 생각했다.

한데 이게 웬걸?

우일신이 고개를 갸웃거리며 반문했다.

"아미파에서 찾아온 손님은 절정사태가 처음이올시다. 올 사람들이 더 있다면 나중에라도 안내를 하겠소."

그건 진정 생각하지 못했던 말이었다.

시간상으로 이곳에 먼저 도착해 있어야 정상이었다.

한데 여기에도 없다면 절인사태와 절예사태에게 분명 무

슨 일이 벌어졌다는 뜻이었다.

그들이 우일신의 안내를 받고 대청에 들어섰다.

대청은 연회 준비로 한창이었는데, 무엇보다 사천당문과 청성파의 고수들이 자리에 앉아 있는 모습이 보였다.

하지만 그들도 아미파와 마찬가지로 본산에서 보낸 지원군의 모습은 보이지 않았다.

아미파의 등장에 놀라기는 사천당문과 청성파 역시 마찬가지였다.

당진의 얼굴은 딱딱하게 굳었고, 양평은 사색이 되었다.

그들은 이곳에 올 때만 해도 지원군이 먼저 와서 기다리고 있을 줄 알았다가 텅 빈 연회장을 보고 뭔가 불길한 기운을 감출 수 없었다.

그래도 최악의 상황은 생각할 수 없었다.

그건 지원군으로 오는 자들의 면면이 하나같이 대단한 공력을 지닌 고수였기 때문이었다.

하나 아미파 역시 지원군이 없다는 것을 깨닫고는 하나같이 변고를 직감했다. 그게 아니고는 삼대문파의 지원군이 약속이나 한듯 증발할 리 없는 것이다.

그들은 속으로 이를 악물었지만, 겉으로는 내색하지 않았다.

주변 곳곳에 적들이 지켜보고 있었다.

그들은 태연한 표정으로 자리에서 일어나 절정사태를 향

해 포권을 취했다.

"절정사태를 뵙습니다."

절정사태가 고개를 끄덕였다.

"자네들은 일전에 보았을 때보다 눈빛이 한층 더 안정되어 있군. 사천당문과 청성파에서 좋은 인재를 두었어."

"과찬의 말씀이십니다."

눈빛이 안정되어 있다는 건 그만큼 공력이 깊어졌다는 뜻이다. 당진과 양평은 겸양의 자세로 손을 흔들었지만, 속으로는 깜짝 놀라고 있었다.

원래 상승의 고수는 상대의 성취를 알아볼 수 있는 능력이 있었다.

하지만 지금 당진과 양평의 성취는 일전에 절정사태를 만났을 때와 별반 다르지 않았다. 그래도 약간의 성취가 있긴 있어서 스스로 자부심을 느끼고 있었지만, 그걸 누군가 알아보는 건 불가능한 일이었다.

'이 노사태는 나이를 먹어도 여전히 공력이 막강하구나!'

그때, 절정사태가 자리에 앉자 모든 사람이 따라 앉았다.

저 멀리서 양평이 기무결에게 눈빛으로 인사하는 모습이 보였다. 아마 상황이 이렇지만 않았다면 다가와서 말이라도 걸었을 것이었다.

기무결도 그의 입장을 이해하고 고개를 끄덕이는 것으로 인사를 대신했다.

당진은 곁눈질로 기무결과 화은설을 한 번 쳐다보고는 이내 시선을 돌렸다. 그는 일전에 진미객잔으로 화은설과 기무결을 찾아가 화씨세가의 본가를 내놓으라고 경고한 적이 있었다. 그때는 기무결을 안중에 두지 않았었다.

하나 며칠 사이에 상황이 급변한 것이다.

기무결이 폐가에서 악불존자와 식인광자의 합공을 단숨에 물리친 사건은 사천성을 뒤흔들었다.

이는 더 이상 우연이나 과장이 아니었다.

더구나 그 자리에는 아미삼봉과 양평도 있었으니 소문이 잘못 퍼졌을 리도 없었다.

당진은 사천당문에서 배출한 최고의 기재임에는 틀림없지만, 악불존자와 식인광자는 그조차도 승패를 장담하기 어려울 정도로 무서운 고수들이었다.

그제야 당진은 자신이 뭔가 단단히 실수했다는 것을 깨달았지만, 그때는 이미 늦은 뒤였다.

그는 혹시 기무결이 그때의 일을 앙심 품고 자신에게 도전해 오면 어쩌나 싶어 얼굴이 딱딱하게 굳어졌지만, 기무결은 그의 얼굴을 쳐다보지도 않고 자리에 앉았다.

'휴!'

당진은 자존심이 상하긴 했지만, 왠지 모르게 안도의 한숨이 나오는 건 어쩔 수 없었다.

四

"뭔가 이상하지 않아?"

화은설이 기무결의 귓가에 대고 속삭였다.

"뭐가 말입니까?"

"이곳에 사천당문과 청성파의 지원군은 물론이고 아미파의 지원군도 보이지 않는단 말이야."

삼대문파에서 지원군을 보냈다는 소문은 이미 사천성에 쫙 퍼진 상태였다.

정상적이라면 중간 지점에서 합류해야 맞다.

때문에 화은설은 지원군을 언제 만나냐고 몇 번이나 물으려고 하다가 아미삼봉의 얼굴만 보면 왠지 모르게 혈압이 올라서 그만두었다.

"아무래도 변고가 생긴 것 같아."

"으음."

"혹시 구룡회 짓일까?"

"변고가 생겼다면 십중팔구 구룡회 짓이겠지요."

기무결은 구룡회가 초대장을 보낸 것이 의혹을 밝히기 위한 것이 아니라는 것쯤은 짐작하고 있었다.

함정을 파놓고 기다리고 있으리란 생각도 충분히 하고 있었다. 그건 아마 다른 사람들도 똑같이 생각했을 것이고, 어느 정도 대비도 하고 있었을 것이었다.

하지만 처음부터 삼대문파의 지원군을 제거하고 시작할 줄은 생각도 못한 일이었다.

삼대세가의 지원군 면면을 생각하면 솔직히 믿기 어려운 일이었다.

그래서 더 놀라운 일이었다.

"독을 사용했을 거야. 그게 아니라면 분명 비열한 함정을 만들어서 삼대문파의 지원군을 죽였을 거라구."

화은설은 이를 갈았다.

이곳 어딘가에도 함정이 숨어 있을 거라며 분주히 눈동자를 굴려 찾았다.

하나 기무결의 생각은 조금 달랐다.

독이 아무리 무서워도 절정의 고수들이 단 한 명도 살아남지 못하고 죽었을 리는 없다.

그건 함정 역시 마찬가지였다. 그랬다면 삼대문파의 지원군 중 한 명이라도 왔어야 정상이었다.

'새외삼패다. 구룡회는 처음부터 새외삼패와 연결되어 있지 않았던가?'

그때였다.

문득 연회장이 시끄러워지는 듯싶더니 구룡회의 아홉 명의 회주가 십여 명의 수하를 대동한 채 등장하고 있었다.

사람들의 시선이 일제히 그들의 얼굴로 향했다.

초량이 자리에 앉자 연회가 시작되었다.

다른 여덟 명의 회주도 각자 자리를 잡고 앉았고, 십여 명의 수하는 그들의 뒤에 가서 시립했다.

연회장은 제법 사람들로 북적거렸다.

절정사태와 아미삼봉을 비롯해서 아미파의 제자가 열 명이 넘었고, 당진을 비롯한 사천당문의 제자는 스무 명이나 되었다. 청성파 역시 양평을 필두로 스무 명 가까이 되기 때문에 삼대문파의 인원만 해도 오십 명이 되는 것이다.

거기에 기무결과 화은설 그리고 영영도 있었고, 구룡회의 인물도 이십 명이 넘었으니 연회의 격식은 제대로 갖춰진 셈이었다.

그렇다고 여타의 연회와 똑같을 수는 없었다. 이곳에는 악기를 연주하는 사람도 없었고, 흥에 겨워 다른 문파와 교제하기 위해 돌아다니는 사람도 없었다. 그저 식탁 위에 진수성찬의 음식들이 푸짐하게 차려져 있는 것이 전부였다.

하지만 아무도 선뜻 음식을 먹으려는 사람이 없었다.

심지어는 절정사태도 구룡회에서 음식에 독을 탔을지도 모른다고 생각하고 있었다.

초량을 비롯해서 나머지 여덟 명의 회주가 사람들의 의심을 풀어주기 위해 자신들이 먼저 젓가락을 들었다.

"음식에는 결코 독을 넣지 않았으니 안심하고 드셔도 괜찮소."

그들은 아무 음식이나 덥석덥석 맛있게 먹었다.

그것만 보면 음식에 독이 없다는 것을 알 수 있었지만, 그래도 사람들은 의심을 지울 수 없었다. 자신들만 해독약을 복용했을지도 모르는 일이었다.

당진이 코웃음 쳤다.

"흥, 우리가 음식이나 먹자고 먼 길을 달려온 것이 아니니 어서 본론이나 말하시오."

초량은 웃음을 잃지 않았다.

"만천화우 당진 당 소협이구려. 그래, 무엇이 궁금하오? 무엇을 묻든 기탄없이 대답해 드리겠소."

"흥, 교묘하게 말을 돌리지 마시오. 그대들은 초대장을 보내 새외삼패와의 관계를 해명하겠다고 하지 않았소?"

"흐흐, 다들 뭔가 오해가 있는 것 같소. 나는 그런 말을 한 적이 없소. 우린 무산 일대의 땅을 사들이는 문제를 해명하려고 한 것이오."

"뭐, 뭣이?"

당진이 발끈했고, 양평은 얼굴을 찌푸렸다.

수양이 깊은 절정사태도 두 눈을 형형하게 빛내며 초량을 노려보고 있었다.

하지만 분명 초대장에는 의혹을 밝히겠다는 말만 했지, 새외삼패의 언급은 조금도 없었다.

단지 사람들이 그럴 것이라고 지레짐작 했을 뿐이었다.

"우리의 행동이 아미파와 청성파 그리고 사천당문의 심기를 자극했다면 앞으로는 두 번 다시 땅을 사들이는 일은 하지 않겠소."

초량은 정중한 표정으로 얘기했다.

하나 바보가 아닌 이상에야 초량이 자신들을 조롱하고 있다는 걸 모를 리 없었다.

"누가 그 따위 말을 들으려고 여기까지 온 줄 아느냐?"

당진이 분개한 표정으로 자리를 박차고 일어섰다. 그 바람에 식탁이 넘어지고 그 위에 있던 음식물들이 바닥에 쏟아져 아수라장이 되어버렸다.

순간 여덟 명의 회주가 기다렸다는 듯 자리에서 벌떡 일어섰다.

"흐흐, 만천화우 당진. 어린놈이 앞뒤 분간 못하고 마구 날뛰는구나!"

"우리가 네놈이 무서워서 참고 있었는지 아느냐?"

"다른 사람은 네놈의 용독술을 무서워할지 모르지만, 우린 네놈을 무서워하지 않는다."

당진이 코웃음을 치며 두 손을 허리춤으로 가져갔다.

"흥! 네놈들이 드디어 흉심을 드러내는구나!"

그의 허리춤에는 두 개의 주머니가 있었다.

하나는 독이 담겨 있는 모래주머니였고, 하나는 암기가 담겨 있는 암기 주머니였다.

당진이 두 손을 주머니로 가져가자 사천당문의 제자들도

재빨리 무기를 꺼내 들었다.

그렇게 연회는 시작한 지 얼마 되지 않아 파국을 맞고 말았다.

五

"초량! 마지막으로 묻겠다. 당문에서 나온 지원군은 어찌 했느냐?"

지금 가장 중요한 것은 지원군의 생사였다.

"크크, 그들을 왜 나에게서 찾느냐?"

"네놈의 짓이 아니라고 발뺌할 셈이냐?"

"아! 얘기를 듣고 보니 갑자기 생각나는 것이 있구나!"

초량이 문득 자신들 뒤에서 시립하고 있는 수하들을 돌아보며 말했다.

"검풍전의 향주는 어디에 있는가?"

순간 체격이 장대한 중년인이 앞으로 나섰다.

"소인을 찾으셨습니까?"

"만천화우 당진이 자네가 한 일을 궁금해하네."

"별로 대단한 일은 아닙니다. 일전에 당문이로라는 쓸모없는 늙은이 두 명을 일격에 쳐 죽인 적이 있습니다."

장대한 체격의 중년인이 아무렇지 않게 말했지만, 그건 충격에 가까운 얘기였다.

당문이로는 백 가지 독을 다룬다고 해서 백독지성이라 불렀고, 그들의 암기술은 가히 신의 경지에 이르러 모두가 상대하기 꺼려하는 무서운 고수들이었기 때문이었다.

하물며 구룡회의 회주도 아닌 일개 향주라면 말이 안 되는 소리였다.

"네놈이 감히 당문을 무시하고도 살아남길 바라느냐?"

당진이 대갈일성과 동시에 암기 주머니에서 암기를 꺼내 향주라는 자를 향해 날려 보냈다.

설명은 길지만 그야말로 순식간에 벌어진 일이었다.

슉! 슉! 슉!

마치 뱀이 혀를 낼름거리는 듯한 음향과 함께 이십여 개의 암기가 폭포수처럼 하늘에서 쏟아져 내려왔다.

이것이 바로 연환십이참이라는 암기수법이었다.

원래는 열두 개의 암기를 사용하는 것으로 일정한 간격을 유지하며 상대의 방향을 완전히 차단하는 것이 특징이었다.

연환십이참은 열두 개의 암기만으로도 엄청난 위력을 발휘한다.

한데, 당진은 여기에 다시 열두 개의 암기를 더해 스물 네 개의 암기로 연환십이참을 펼쳐 낸 것이다.

과연 만천화우라는 별호는 거저 얻어진 것이 아니었다.

스물네 개의 암기로 펼쳐진 연환십이참의 위력은 상상을

초월할 정도였다.

"죽어라."

당진은 향주의 죽음을 확신했다.

하지만 바로 그때였다.

향주의 입가에 비릿한 조소가 걸리는 것이 아닌가?

그와 동시에 그가 두 팔을 천천히 머리 위로 올렸다.

츠으으으!

갑자기 새하얀 연기가 스멀스멀 피어오르더니 주변을 온통 꽁꽁 얼려 버렸다.

그건 스물네 개의 연환십이참도 예외는 아니어서 폭포수처럼 떨어져 내리던 암기들이 갑자기 힘을 잃고 바닥에 뚝뚝 떨어지고 말았다.

사실 이것만으로도 믿기 어려운 일이었다.

하지만 새하얀 연기는 이내 당진을 덮쳐 갔다.

펑!

폭음과 동시에 당진의 입에서 둔탁한 신음이 터져 나왔다.

"크윽!"

당진이 오른손을 부여잡고 비틀거리며 뒤로 물러섰는데, 그의 팔은 꽁꽁 얼어 감각이 전혀 느껴지지 않았다.

쨍그랑!

그릇 깨지는 소리가 이럴까?

당진의 얼어붙은 팔이 산산조각 나며 흔적도 없이 사라

졌다.

"크아악!"

그렇게 시작되고 있었다.

이는 훗날 구룡겁화라고 불리는 사건의 대서막이기도 했다.

第十章 새외삼패

一

눈으로 보고도 믿기 어려운 광경이었다.

당진이 누군가?

후기지수 중에서도 가히 최고의 실력을 뽐내는 절정의 고수인 것이다.

그런 그가 제대로 반격 한 번 해보지 못하고 팔이 잘려져 나갔다는 건 누구도 상상하지 못했던 엄청난 충격이었다.

물론 당진이 방심한 것도 있었다.

새하얀 기류가 얼마나 무서운지 알았다면 결코 맞서지 않았을 터였다.

하지만 결과는 달라지지 않았을 것이다. 향주의 장법은 그만큼 경천동지할 위력을 담고 있었기 때문이었다.

"빙극살! 저건 심진기의 빙극살이다."

절정사태는 경험이 풍부한 노강호였다.

천하에 단 일수로 당진 같은 고수의 팔을 얼음으로 만들고 산산조각으로 내버릴 수 있는 건 저주받은 극음지기인 빙극살밖에 없었다.

여기엔 단순히 극음지기만이 실려 있는 것이 아니었다.

그랬다면 당진의 팔이 허무하게 사라지진 않았을 것이었다.

빙극살 안에는 칼날처럼 예리한 살기가 숨어 있었다. 그것은 무형지기와도 같은 것으로 눈에 보이지는 않지만, 일단 빙장에 적중당하면 제아무리 단단한 철판이라 해도 산산조각으로 만들어 버리는 무서운 마공이었다.

"네놈은 심진기로구나!"

절정사태가 노해 부르짖었다.

그녀의 분노는 이만저만 큰 것이 아니었다.

그도 그럴 것이 심진기는 신강의 대표적인 고수로 오사와 십강 중 빙강으로 통하고 있었다.

"흐흐, 노사태의 안목이 대단하오. 본인이 바로 심진기요. 한데 그게 뭐가 어쨌다고 이 난리란 말이오?"

심진기도 더 이상 자신을 숨기지 않았다.

"그걸 몰라서 묻느냐? 네놈은 신강무림의 십오대 고수 중

한 명이거늘 어찌 구룡회의 일개 향주로 신분을 속였느냐?"

"흥! 사람은 저마다 사연이 있는 법이오. 나는 초량 회주에게 도움을 받아 구룡회에 투신을 했는데, 결초보은하려는 것도 잘못이오?"

강호에는 그런 일이 왕왕 있었다.

하나 누구도 심진기의 말을 곧이곧대로 믿는 사람이 없었다.

그리고 이것으로 모든 것이 명백해진 것이다. 구룡회가 새외삼패와 밀접한 관련이 있다는 것이 말이다.

"설마 네놈이 아미파의 지원군도 찾아갔느냐?"

"그건 아니오."

"네놈이 아니면 누구란 말이냐?"

"크크, 그건 바로 나다."

말과 함께 앞으로 나선 사람은 초량의 바로 뒤에 서 있던 땅딸막한 노인이었다.

노인은 결코 중원의 사람이 아닌 듯 생김새가 전혀 달랐다.

'중원에 저런 고수가 있었나?'

절정사태는 땅딸막한 노인을 위아래로 훑어보며 눈살을 찌푸렸다. 겉보기에는 어디서나 흔히 볼 수 있는 노인이었다. 몸에서 별다른 기운도 느껴지지 않았다.

하지만 이미 심진기를 경험하고 난 뒤였기 때문에 왠지 땅딸막한 노인도 예사롭지 않게 느껴졌다.

"그대도 무슨 특별한 재주가 있는 것이냐?"

"흐흐, 딱히 내세울 만한 재주라고 할 것은 없고……."

땅딸막한 노인이 수중의 검을 뽑아 들고 자신의 심장을 찔렀다. 햇빛을 머금은 검은 서늘하고 예리한 기운을 뿜어내고 있었다.

'보검이다.'

절정사태는 한눈에 명검임을 알아보았다.

한데 바로 그때였다. 명검이 땅딸막한 노인의 심장을 파고 들어가더니 어느새 손잡이만 덩그라니 남아 있었다.

보통의 사람이라면 바로 그 자리에서 즉사였다.

검이 온몸을 관통했는데도 살아남을 수 있는 사람은 천하에 단 한 명도 없을 터였다.

하나 땅딸막한 노인은 입가에 비릿한 조소를 흘리며 절정사태를 쳐다보았다. 그는 전혀 고통도 느끼지 않았고, 심지어 피 한 방울 흘리지도 않았다.

"크크, 아직 놀랄 때가 아니오."

팅!

그건 맑은 종소리와도 같았다.

순간 손잡이만 남긴 채 땅딸막한 노인의 가슴 깊숙이 파고 들어갔던 명검이 튕겨져 나오는 것이 아닌가?

하지만 그때는 이미 명검의 형체는 찾아볼 수 없었고, 산산조각이 난 명검의 파편들이 사방으로 날아갔다.

쇄애애액!

"크아악!"

"으아악!"

아미파와 청성파 그리고 사천당문의 진영에서 처절한 비명이 터져 나왔다.

십여 명의 사람이 온몸이 고슴도치가 되어 피를 흘린 채 바닥에 죽어 있었다.

그나마 절정사태와 아미삼봉 그리고 양평 등은 공력이 강해 다급한 순간에도 임기응변을 발휘해 피할 수 있었지만, 공력이 부족한 사람들은 여지없이 직격당하고 말았다.

"으으."

절정사태의 눈에 핏발이 섰다.

누구도 예상치 못한 일격이었다.

더구나 파편들이 날아오는 속도가 가히 시위를 떠난 화살처럼 빠르기 그지없어서 어지간한 공력을 지닌 사람도 피하기 쉽지 않았던 것이다.

"이제 알겠다. 네놈은 서장의 유가흑마륵 살파구나!"

"흐흐, 아미파의 지원군이라고 해서 내심 기대를 했었는데, 생각보다 너무 약하더군. 그래도 절인사태와 절예사태의 검법은 꽤 쓸 만했다."

어디 쓸 만한 정도이겠는가?

아마 다른 사람이었다면 몇 검 받지도 못하고 일패도지했을 것이다.

하지만 그녀들이 살파를 만났다는 것이 불행이라면 불행이었다.

유가흑마륵 살파.

서장무림에는 전설적인 고수가 스무 명이 있다.

그중 살파는 능히 열세 번째 안에 꼽힐 정도로 무서운 무공의 소유자였다.

그는 서장무림에서 은밀하게 전해져 내려오던 유가기공을 극대성해서 피부가 마치 고무처럼 탄력이 높았다. 그는 가히 고무 인간이라 해도 과언이 아니었다. 그 어떤 명검으로도 그의 피부에 상처 하나 낼 수 없었다.

그것이 바로 유가흑마공이라는 가공무쌍한 무공의 이름이었다.

그는 그 어떤 무기로도 죽일 수 없다고 해서 불사흑마륵이라고도 불리고 있었다.

하나 단지 그것뿐이라면 그가 서장무림의 전설적인 고수들 가운데 서열 열세 번째에 해당할 리 없었다.

그는 강력한 접인신공으로 상대의 무기나 공격을 흡수한 다음 탄자결로 튕겨냈다. 그때 그 위력은 상상을 초월해서 화포를 쏘는 것보다 더 가공할 정도였다.

지금만 해도 그랬다.

단순해 보이는 동작일 뿐이지만 사실은 단 하나의 동작에 유가흑마공과 접인신공 그리고 탄자결이라는 절정의 무공 세 가지가 들어 있었던 것이다.

二

"어, 어찌 이럴 수가……."

어지간한 절정사태조차 충격에 빠져들었다.

이건 단순히 구룡회가 새외삼패와 결탁한 차원의 문제가 아니었다.

심진기는 신강무림 최고의 고수 중 한 명이었고, 살파는 서장무림 최고의 고수 중 한 명이었다.

그들의 쟁쟁한 명성은 중원무림에까지 퍼져 있었지만, 사실 그들은 한 번도 중원무림에 모습을 드러낸 적이 없었다.

이제는 청성파의 지원군을 제거한 자가 누구인지 궁금해지지 않을 수 없었다.

양평이 굳은 얼굴로 회주들의 뒤에 시립해 있는 자들을 쳐다보았다.

"청성파는 어느 고인이 다녀갔던 것이오?"

"흐흐, 나를 찾았느냐?"

음침하게 생긴 중년인이 대답과 동시에 몇 걸음 걸어 나왔다.

그의 눈빛은 뜨거운 불길을 담고 있었다.

양평은 그와 눈빛이 마주치는 순간 정신이 아찔했다. 당장에라도 온몸이 새카맣게 타들어가는 듯한 충격에 빠져들었다.

'아니, 이건 착각이 아니다.'

그의 옷자락이 여기저기 불에 타고 검게 그을린 흔적이 있었다.

무서운 공력이었다.

양평은 음침하게 생긴 중년인과 이 장 이상을 떨어져 있었다.

한데 단지 눈빛이 마주친 것만으로도 가공할 양강지기를 날려 보냈으니 어찌 놀라지 않겠는가?

하지만 더 무서운 것은 양강지기를 마음대로 조절해 단지 옷자락만 살짝 태우고 그을리게 만들었다는 것이었다.

"그대는 혹시 대막에서 오셨소?"

"크크, 대막은 뜨거운 열사의 나라지. 너의 예상처럼 나는 대막에서 왔다."

"서, 설마 대막혈궁?"

"어린아이가 아는 것도 많구나! 그렇다. 나는 대막혈궁에서 열 번째 궁주를 맞고 있는 갈무로라 한다."

대막혈궁은 겨우 열두 명의 궁주밖에 없었지만, 그들의 무공은 가히 경천동지할 만큼 가공무쌍했다. 때문에 그들이 세상에 나오기만 한다면 천하는 곧 멸망할 것이라는 말들도 있었지만, 그들은 대막 안에서 한 발짝도 나오지 않았다.

대막혈궁이 유명하게 된 것은 그들이 오래전부터 불을 마음대로 부릴 수 있기 때문이었다.

일각에서는 그들의 양강지기는 가히 용암과도 비교할 수 있을 만큼 대단한 것이고, 마음만 먹으면 그 어떤 것이든 불태울 수 있다고 전해져 내려오고 있었다.

"으음. 당당한 대막혈궁의 궁주께서 이곳에 계실 줄은 몰랐소. 설마 그대들도 초량에게 도움을 받아 구룡회에 투신했다고 말하려는 것이오?"

"흐흐, 그게 아니라면 우리가 이곳에 있을 이유가 뭐가 있겠느냐?"

그렇게 말하는 살파와 갈무로의 눈빛에는 한 줄기 곤혹스러운 빛이 떠올랐지만, 이내 사라지고 말았다.

누구도 말을 하는 사람이 없었다.

단순히 구룡회가 새외삼패를 끌어들였기 때문은 아니었다.

지금까지 새외삼패끼리도 서로를 경원시하며 지내왔기 때문에 손을 잡은 적이 없었다.

한데 지금 새외삼패를 상징하는 고수들이 버젓이 구룡회에 나타났을 뿐만 아니라 삼대문파의 지원군도 각자 하나씩 맡아서 처리한 것을 보면 이미 새외삼패 사이에 모종의 약속이 되어 있는 것 같았다.

그것이 더 사람들을 두렵게 만들고 있었다.

지금까지 이런 적이 또 있었던가?

양평은 상황이 불리함을 알고 마음이 다급해졌다.

천하에 이 사실을 알려야 하는데, 과연 자신들의 능력으로 혈로를 뚫고 도망칠 수 있을지 의문이었다.

그야말로 중과부적이었다.

삼대문파에서 보낸 지원군은 전멸한 상태였고, 당진은 한쪽 팔을 잃고 심한 부상을 안고 있었다. 그나마 삼대문파의 제자들이 있었지만 살파가 쏘아낸 탄자결에 열 명 넘게 죽어서 이미 항거불능 상태나 마찬가지였다.

그에 반해 적들은 여전히 강해서 도저히 싸움이 될 수 없었다.

그는 절정사태를 향해 중얼거렸다.

"노 선배님, 소생과 청성파가 길을 열겠습니다. 어떻게 해서든 혈로를 뚫고 도망치십시오."

절정사태가 고개를 흔들었다.

그녀 역시 그런 생각을 해보지 않은 건 아니었다.

오히려 그녀는 아미파가 길을 열고 청성파보고 도망치라고 할 생각이었다.

하지만 적들도 그런 생각을 하고 있었던 듯 모든 길목을 차단하고 나섰다. 그 중심에는 당연히 심진기와 살파 그리고 갈무로가 있었고, 마지막 한쪽 길목은 초량을 비롯한 아홉 명의 회주가 맡고 있었다.

"아무래도 여기서 뼈를 묻어야 할 것 같네."

절정사태가 처연한 표정으로 말했다.

"죽는 건 두렵지 않습니다. 다만 새외삼패가 구룡회를 발판 삼아 무슨 짓을 벌일지 세상에 알리지 못한다는 것이 한스러울 뿐입니다."

양평은 길게 탄식했다.

"저희도 물러서지 않겠어요."

아미삼봉은 절정사태 곁으로 다가왔다.

그녀들은 결연한 표정으로 무기를 꺼내 들었다.

중원무림의 자존심을 지키기 위해서라면 죽음도 두렵지 않았다.

화은설도 적들의 면면을 보고 대경실색하기는 마찬가지였다.

강해도 너무 강했다.

삼대문파의 지원군이 전멸한 것도 십분 이해가 되는 상황이었다.

어쩌면 여기가 생의 마지막 장면으로 기억될지도 몰랐다.

하지만 바로 그때 머릿속에 기무결의 얼굴이 떠올랐다. 기무결이라면 왠지 이런 불가능한 상황에서도 뭔가 방법이 있을 것만 같았다.

三

기무결은 새외삼패 고수의 등장이 전혀 놀랍지 않았다.

이미 그는 어느 정도 예상한 일이기 때문이었다.

아마 이것도 악불존자와 식인광자를 뒤에서 조종한 자의 짓일 터였다.

하지만 생각보다 그 면면이 더 대단해서 새삼 뒤에서 이 모든 것을 조종하는 자의 능력에 혀를 내두르지 않을 수 없었다.

'새외삼패를 수족처럼 부릴 수 있는 자다. 그렇다면 무엇이 부족해 이런 일을 획책하는 것일까?'

중원무림과 한판 전쟁을 벌이려고 했다면 그다지 성공적인 계획은 아니었다.

그냥 새외삼패를 모아서 중원무림에 선전포고만 하면 그만이었다. 구룡회를 이용하는 건 너무 번거로운 일이었다.

그렇다고 금광 때문이라고 하기에도 뭔가 설득력이 부족했다.

금광이 중요한 것이긴 하지만, 만에 하나 새외삼패가 드러나면 천하의 이목이 주목할 것이고 그건 오히려 금광에 역효과만 불러일으킬 것이 뻔하기 때문이었다.

'그럼 뭘까?'

기무결이 아무런 말 없이 한쪽 구석에 앉아서 상황이 어떻게 돌아가는지 지켜보고 있을 때였다.

그러던 어느 순간 기무결의 눈빛이 반짝거렸다.

양평의 말에 살파와 갈무로가 잠시 곤혹스러운 눈빛을 지었다가 이내 지워 버렸던 것을 놓치지 않고 포착했던 것이다.

그건 진정 의외의 일이었다.

기무결은 그들이 뒤에서 배후 조종하는 자의 뜻에 기꺼이 따르고 있는 줄 알았기 때문이었다.

하지만 그들의 표정은 결코 그런 것이 아니었다.

기무결은 더 이상 참지 못하고 자리에서 일어나 그들에게 물었다.

"한 가지 묻고 싶은 게 있소. 이번 일이 성공하면 누가 이득을 보는 것이오?"

여러 가지 의미가 내포되어 있는 의미심장한 질문이었다.

기무결은 어쩌면 이번 일에 새외삼패에게도 별로 돌아가는 이득이 없을지도 모른다는 생각이 들었다.

심진기가 눈살을 찌푸렸다.

"네놈은 누구냐?"

"나는 기무결이라 하오."

"아! 악불존자와 식인광자를 단숨에 해치웠다는 바로 그놈이로구나!"

심진기는 물론이고 살파와 갈무로의 눈빛도 달라졌다.

사실 그들은 기무결의 소문을 듣고 진작부터 한번 만나보고 싶던 차였다.

그들은 기무결의 기도를 보고 절로 탄성을 터뜨렸다.

"어린 나이에 좋은 눈빛이다. 이곳에 진정한 고수는 따로 있었구나!"

절정사태와 양평 그리고 아미삼봉을 무시하는 소리였다.

심진기와 살파 갈무로는 절정사태를 보고도 눈빛 하나 변하지 않았었는데, 기무결을 보고는 연신 고개를 끄덕였다.

"칭찬이라면 고맙게 받겠소. 한데, 그대들은 아직 대답하지 않았소. 이번 일이 성공하면 그대들에게도 이득이 돌아가는 것이오?"

"우리가 꼭 대답해 줘야 할 의무가 있느냐?"

"아니, 그것만으로도 이미 원하는 답은 얻었소."

"네놈의 말을 믿을 수 없다."

"후후! 내 말을 들어보면 그대들의 생각도 달라질 것이오."

"호오? 어디 한번 말을 해보거라."

기무결이 빙그레 웃으며 말했다.

"그대들은 이번 일이 처음부터 내키지 않았소. 어쩌면 새외삼패 전체가 내키지 않았을지도 모르지. 그렇다는 건 이번 일이 성공해도 새외삼패가 얻을 수 있는 건 아무것도 없고 어쩌면 극심한 손해만 입을 수도 있소."

절정사태와 양평 그리고 아미삼봉은 지금 기무결이 무슨 말을 하는지 이해할 수 없었다.

내키지 않는 건 뭐고 극심한 손해만 입을 수 있다는 말은 또 무슨 소린지.

왠지 이번 일에 배후가 새외삼패가 아니라는 것처럼 들려서 어안이 벙벙할 지경이었다.

그건 화은설 역시 마찬가지였다.

그녀는 기무결의 말을 도통 알아들을 수 없었다.

하지만 기무결이 이런 상황에서 아무 의미 없이 말을 꺼내진 않았을 터.

그녀는 기무결의 능력을 절대적으로 신뢰하고 있었다.

그때, 심진기와 살파 갈무로의 얼굴이 심각하게 변했다.

"으음."

그들의 두 눈에 적잖이 놀라운 빛이 떠올랐다.

확실히 그들은 이번 일이 성공하지 않기를 바라고 있었다.

때문에 그들은 처음부터 중원에 오는 것이 내키지 않았고, 지금도 구룡회를 대신해 삼대문파를 상대하는 것이 마음에 들지 않았다.

하지만 그들의 배후에서 모든 것을 조종하는 자는 이미 신이나 다름없는 존재였다.

그의 뜻을 거스르면 가혹한 보복이 뒤따른다. 그건 일반적인 사람들이 생각하는 보복 그 이상의 것인지라 도저히 그의 뜻을 거스를 수 없었다. 설령 그것이 새외삼패에게 극심한 손해가 돌아간다 해도 말이다.

그들이 차가운 표정으로 소리쳤다.

"네놈이 무엇을 안다고 지껄이는 것이냐?"

"지금이라도 늦지 않았소. 그대들의 명예를 지키기 위해서라도 이쯤에서 멈추고 돌아가는 것이 어떻소?"

"미친놈! 악불존자와 식인광자를 이겼다고 눈에 보이는 것이 없는 모양이구나!"

"우리를 그런 자들과 똑같이 생각했다면 큰 오산이다."

흔히 기호지세라는 말이 있다.

호랑이 등에 올라탄 격으로 중도에 멈출 수 없다는 뜻이었다.

지금 그들의 상황이 그랬다.

"네놈이 그걸 어떻게 알았는지는 모르겠지만, 그렇다면 우리가 절대 멈출 수 없다는 것도 알겠구나!"

"뭐, 대충은. 하지만 나도 그 이상은 알지 못하오."

그래서 기무결도 뭔가를 얻기 위해 이것저것 물어보긴 했지만, 결국 아무것도 알아낸 것은 없었다.

"사실 그것만으로도 대단한 것이다. 하지만, 네놈은 절대 알아서는 안 될 것을 알았다."

"그런 것 같구려."

기무결은 서서히 공력을 끌어 올려 싸울 준비를 하고 있었다.

심진기와 살파 갈무로의 눈빛이 갈수록 사납게 변해가고

있었기 때문이었다.

그때, 기무결이 빙긋 웃으며 그들에게 한 가지 제안했다.

"우리 내기를 하는 게 어떻겠소? 내가 이기면 묻는 말에 모두 대답해 주는 것이오."

四

심진기와 살파 갈무로는 코웃음 쳤다. 어차피 싸워서 진다는 생각도 하지 않았지만, 쓸데없이 내기를 해서 심력을 쏟을 이유도 없었다.

"흥, 그런다고 우리가 말을 할 것 같으냐?"

"이미 싸움은 피할 수 없게 되었고, 그렇다고 그냥 싸우면 재미가 없지 않소?"

"흐흐, 정말 어이가 없는 놈이군."

"그 말은 네놈이 우릴 이길 수 있다는 뜻이냐?"

"냉정하게 말하면 반반이오."

심진기와 살파 갈무로의 얼굴이 살짝 일그러졌다.

"으으, 어린놈이 정말 광오하구나!"

"네놈에게 절반이나 승산이 있다고 생각한단 말이냐?"

그건 정말 심진기와 살파 갈무로를 무시하는 말이었다.

"그대들이 뭔가 착각한 모양이오. 내 말은 그대들 세 명이 합공하면 나도 승패를 장담할 수 없다는 뜻이오."

심진기와 살파, 갈무로는 자신의 귀를 의심했다.

"으으, 이놈이 지금 무슨 말을 하는 것이냐?"

"그렇다면 네놈이 말한 절반의 승산은 무엇이냐?"

"그건 그대 중 두 명이 합공을 펼쳤을 때를 말하는 것이오."

"더 이상 들어줄 수 없구나! 네놈을 죽여 버리고 말겠다."

대갈일성과 함께 일장을 휘두르며 달려든 사람은 심진기였다.

빙즉살이 덮쳐 오기도 전에 기무결은 당장에라도 온몸이 꽁꽁 얼어붙는 고통에 빠졌다. 그야말로 가공할 극음지기였다.

기무결의 정신이 아득해지며 몸이 휘청거리는 순간 천살마기의 기운이 일어나 빙즉살의 기운을 튕겨냈다.

순간 정신이 번쩍 들었다.

어느새 빙즉살의 기운이 바로 눈앞까지 다가와 있었다.

기무결은 재빨리 분심쌍격을 일으켰다.

한 손으로 둥글게 원을 그려 꽃 모양의 도화를 그렸다.

쾅!

빙즉살이 도화에 부딪치는 순간 엄청난 폭음이 터지며 그 여파가 사방으로 퍼져 나갔다.

워낙 가까운 지점에서 일어난 폭음인지라 기무결은 팔이 얼어붙고 떨어져 나갈 것 같은 충격에 빠졌다.

그는 재빨리 천지기하천하무적공을 일으켜 천무은형잠종대법의 기운을 다스렸다. 그제야 극음지기가 몸 밖으로 빠져나가고 극심한 고통에서 벗어날 수 있었다.

한편 사람들은 소스라치게 놀라 뒤로 물러섰다. 기무결을 중심으로 방원 삼사 장 안이 그야말로 죽음의 땅이 되어버렸다. 바닥이 얼어붙고 여러 개의 구덩이가 파였던 것이다.

"차앗!"

기무결이 다른 한 손으로 풍형을 일으켰다.

한 줄기 바람이 일어나 심진기를 향해 날아갔다.

그건 단순한 미풍에 불과했다.

사람들의 눈에는 아무것도 보이지 않았다.

심진기는 이상하다는 생각은 했지만 그뿐이었다. 한 줄기 바람이라 무시하고 다시금 빙즉살을 일으키려는 순간이었다.

"크윽!"

갑자기 온몸에 극렬한 고통이 일었다.

워낙 찰나지간에 벌어진 일이기에 그의 입에서 둔탁한 비명이 터져 나왔다.

심진기는 뒤늦게 한 줄기 바람 안에 가공할 살기가 숨어 있었다는 것을 깨달았지만, 그때는 너무 늦은 뒤였다.

그의 온몸은 피로 목욕이라도 한 듯 온통 붉게 물들어 있었다.

풍형에 노출된 것은 아주 찰나의 시간에 불과했지만, 그는 온몸이 난자되어 수십 군데의 상처를 입은 것이다.

"으으."

심진기가 미친 듯이 두 팔을 휘둘렀다.

쾅쾅쾅쾅!

심진기가 팔을 휘두를 때마다 새하얀 기류가 꽃 모양의 도화를 만들었고, 풍형과 부딪쳐 쉴 새 없이 폭음이 터져 나왔다.

주르륵!

폭발의 여파를 견디지 못하고 뒤로 미끄러져 나간 사람은 심진기였다.

그가 언제 이런 상황을 상상이나 했겠는가?

온몸에 상처를 입은 것도 부족해 이젠 공력으로도 기무결에게 한 수 밀린 것이다.

하지만 그는 더 이상 생각할 여유가 없었다.

어느새 기무결이 가공할 기세로 그를 향해 덮쳐 오고 있었던 것이다.

이미 기무결의 무공이 얼마나 무서운지 뼈저리게 경험을 했으니 매사에 경각심을 갖고 임하는 건 당연지사.

그의 빙즉살도 일초필살의 기운을 담고 있었다.

일단 한 번만 걸리면 설령 대라신선이라 해도 살아남기 어려운 것이다.

"네놈을 꽁꽁 얼려 버린 다음 산산조각으로 만들어주마!"

심진기의 음성에는 한겨울의 매서운 한파가 담겨 있었다.

그는 즉시 두 팔을 휘둘러 허공에 수십 개의 도화를 만들었다. 새하얀 도화가 수놓아진 허공은 일대 장관이라 할 수 있었다.

사람들은 그것이 얼마나 무섭고 가공할 극음지기를 담고 있는지 잘 알고 있었다.

가까이 접근만 해도 온몸이 얼어붙고 산산조각 나는 건 피할 수 없었다. 하물며 살짝 스치기라도 하는 날엔 살아남기 어려웠다.

사람들은 기무결이 도화를 피해 잠시 멈춰 서거나 아니면 장력으로 도화에 맞서가거나 둘 중 하나일 것이라고 생각했다.

그리고 그건 심진기의 의도이기도 했다.

기무결이 무엇을 선택하든 움직임이 느려질 수밖에 없을 터.

바로 그 틈을 놓치지 않고 빙즉살을 날려 보낼 태세였다.

하나 기무결은 잠시도 멈추지 않았다.

그는 두 발로 천지기하천하무적공의 보법을 밟았다.

도형을 생각하는 순간 그의 신형은 술에 취한 것처럼 비틀거리며 촘촘히 수놓아진 도화 사이를 이리 비틀 저리 비틀거리며 지나가는 것이었다.

“이, 이런 말도 안 되는…….”

정녕 두 눈이 의심스러울 지경이었다.
심진기는 너무 놀란 나머지 기무결을 향해 빙즉살을 날려 보낼 생각조차 잊고 말았다.
쇄애애액!
가공할 기운이 그를 덮쳐 왔다.
심진기는 뒤늦게 화들짝 놀라 두 팔을 휘둘러 빙즉살을 날려 보냈다.
고수와의 싸움에서 한 박자 늦는 건 치명적인 결과를 불러일으킨다.
하지만 이번에는 오히려 전화위복이 될 수도 있었다.
그건 기무결이 너무 지척에서 빙즉살을 상대해야 하기 때문이었다. 그것도 자신이 전력을 다해 펼친 장력이었다.
"뒈져라."
심진기의 입에서 탁한 음성이 터져 나왔다.
그가 누군가와 싸우면서 이렇게까지 한이 서려보긴 처음이었다.
기무결은 자신을 향해 가공할 극음지기가 덮쳐 오는 것을 느낄 수 있었다.
그는 즉시 손바닥을 칼처럼 꼿꼿하게 폈다. 이는 화씨세가의 박투술 중 하나로 쌍수출격이란 무공이었다. 손바닥에 모든 기운을 모으면 칼보다 더 단단해지고 날카로워져서 무엇이든 가르고 벨 수 있는 것이다.

기무결은 쌍수출격이란 자세로 풍형을 펼쳤다.

이 역시 분심쌍격이 있기에 가능한 일이었다. 순간 기무결의 손끝에서 한 줄기 바람이 일었다. 처음 풍형을 펼쳤을 때의 바람이 단순한 미풍이었다면 쌍수출격의 무공이 더해진 지금은 가히 태풍이라 할 수 있었다.

지지지직!

그건 마치 숟가락으로 솥뚜껑을 긁을 때 나는 소리처럼 심하게 귀에 거슬리는 소리였다.

사람들이 자신도 모르게 두 손으로 귀를 막을 때였다.

기무결의 팔이 빙즉살을 두 동강 내고 안으로 파고드는 것이 아닌가?

말도 안 되는 일이 벌어지고 있었다.

모든 사람이 넋을 잃고 쳐다보았고, 심지어는 심진기마저 지독한 악몽을 꾸는 것처럼 멍하니 벌린 입을 다물지 못했다.

"심 형, 위험하오."

다급한 음성과 함께 한 줄기 바람이 격전이 벌어지고 있는 곳으로 쏘아져 나갔다.

땅딸막한 체구에 주름진 얼굴은 다름 아닌 유가흑마륵 살파였다.

第十一章 새외삼패 고수들과의 일전

一

살파는 자신의 특이한 신체를 믿고 저돌적으로 달려들었다.

그는 수비는 아예 도외시했고, 오직 공격에만 집중하고 있었다. 그로 인해 공격의 위력이 더욱 배가되었지만, 그의 온몸에는 허점으로 가득했다.

하지만 그는 눈 하나 까딱하지 않았다.

그의 무공은 오직 공격만 있을 뿐이었다.

그건 당연한 일이었다. 그는 고무 인간이나 다름없는 신체를 가지고 있었고, 그 어떤 무기도 그의 몸에 흠집 하나 낼 수 없기 때문이었다.

"나에게 최고의 수비는 바로 이 몸의 신체다."

쇄애액!

당장에라도 허공을 찢어발길 듯한 기운이 기무결의 등 뒤로 덮쳐 오고 있었다.

기무결도 모골이 송연해질 정도였다.

하나 기무결은 심진기를 공격하던 자세를 멈추지 않았다. 그와 동시에 분심쌍격을 펼쳐 왼손을 뱀처럼 꿈틀거리며 자신에게 달려들던 살파의 몸 안으로 파고들었다.

그런 그의 손끝에서는 한 줄기 미풍이 회오리치듯 움직이고 있었다. 바로 풍형이었다. 기무결은 동시에 새외삼패의 양대 고수를 상대하는 격이었지만, 한 치의 망설임도 없었다.

퍽! 쾅!

두 개의 둔탁한 음성이 동시에 터져 나왔다.

"크윽!"

심진기가 피를 토하고 비틀거리며 뒤로 물러났다.

그의 가슴은 기무결의 주먹에 으스러져 있었지만, 고강한 공력으로 그나마 최악의 순간은 모면할 수 있었다.

다른 한 개의 신음은 살파의 것이었다.

그의 옆구리는 보검에 베이기라도 한 듯 쩍 벌어져 있었다.

단 일격에 벌어진 일이었다.

하지만 놀랍게도 서서히 아물기 시작하더니 이내 상처의

모습은 보이지 않았다.

이것이 바로 유가흑마공의 진정한 무서운 점이었다. 사지가 절단만 나지 않으면 아무리 큰 상처라도 빠른 시간 안에 정상으로 회복할 수 있었다.

그건 상대를 질식하게 만들기에 충분했다.

사람들은 소스라치게 놀랐다.

도저히 살파가 인간으로 보이지 않았다.

'유가흑마공이 불사흑마공이라고 하더니……. 이번에는 정말 쉽지 않아 보이는구나!'

사람들의 걱정과 근심도 더욱 높아만 갔고, 화은설은 어찌할지 몰라 발을 동동 굴렀다.

하지만 정작 살파의 상황은 그리 좋지 못했다.

외관으로 보이는 상처는 모두 아물었을지 몰라도 여전히 오장육부가 흔들리는 듯한 통증이 느껴지고 있었다.

'으으, 도대체 이게 무슨 무공이냐?'

단순히 권강이나 무형지기였다면 이렇게까지 놀라지는 않았을 것이었다.

그가 느낀 건 살랑거리는 한 줄기 미풍이었다.

세상에 바람을 의식하고 대응하는 미친놈은 아무도 없을 터. 하물며 자신의 특이한 신체를 믿는 살파는 두말할 나위도 없었다.

하나 미풍이 그의 옆구리를 스치는 순간 그는 무언가 잘못

되었다는 것을 깨달았다.

그 어떤 보검에도 흠집 하나 나지 않는 그의 몸에 기다란 상처가 난 것은 물론이고 온몸이 불에 데인 듯 화끈거렸던 것이다. 이런 느낌은 난생처음이었기에 살파의 놀라움은 이루 말할 수 없을 정도였다.

"이놈!"

그가 미친 듯이 두 팔을 휘두르며 달려들었다.

기무결은 조화등룡이란 수법으로 살파의 두 팔을 봉쇄한 다음 가슴에 드러난 허점을 공격하려 했다.

한데, 바로 그때였다.

살파의 관절이 우드득거리는가 싶더니 기이한 각도로 팔꿈치가 날아오는 것이 아닌가?

마치 뼈가 없는 동물처럼 두 팔이 자유자재로 꺾이며 움직였다.

"걸렸다."

살파가 회심의 미소를 지으며 기무결의 가슴팍을 움켜잡으려 했다.

그의 몸과 팔꿈치는 완전히 뒤틀어져 있어서 마치 다른 사람의 팔을 보는 것 같았다.

이는 유가기공을 극도로 수련해야 연성할 수 있는 것으로 단지 팔꿈치 관절만 꺾을 수 있는 것이 아니라 온몸을 꺾고 접고 구부릴 수 있었다.

그리고 이는 일반적인 상궤를 달리하는 것이기에 누구도 예상하지 못한 방법으로 팔꿈치와 다리가 날아온다는 것이었다.

기무결은 절체절명의 순간 천지기하천하무적공의 보법을 밟았다. 그의 신형이 술에 취한 사람처럼 비틀거리며 살파의 공격을 피해 옆으로 빠져나갔다.

찌익!

가슴팍의 옷자락이 찢겨져 나갔다.

아마 천지기하천하무적공의 보법이 아니었다면 찢겨진 것은 옷자락이 아니라 살과 뼈였을 것이었다.

하지만 살파 역시도 무사하지 못했다. 기무결이 옆으로 피하는 와중에 쌍장을 거푸 휘둘렀고, 두 줄기 미풍을 쏘아 보냈던 것이다.

펑! 펑!

미풍은 그대로 살파의 가슴과 옆구리에 격중했다.

"크윽!"

그의 몸이 뒤로 몇 걸음 밀려나고 말았다.

이번에도 가슴과 옆구리에 커다란 상처가 생겼다가 이내 아물었다. 하지만 끔찍한 고통이 온몸을 뒤흔들었고, 아무는 속도도 처음보다 확연하게 느려졌다.

어쩌면 당연한 일인지도 몰랐다.

아무리 재생 능력이 뛰어나도 한 개에 비해 두 개가 어려울 수밖에 없는데다, 풍형의 예리하고 날카로운 기세는 상상을 초월했다.

"으으, 이게 도대체……."

살파는 난생처음 겁이 들었다.

이러다 유가흑마공이 산산이 깨지고 그의 몸이 잘려져 나갈 것만 같았던 것이다.

二

"으음."

갈무로는 심각해진 얼굴로 기무결과 살파의 격전을 지켜보고 있었다.

기무결의 무공은 그의 예상을 한참이나 뛰어넘었다.

비틀거리며 움직이는 보법은 신묘하기 이를 데 없어서 피하지 못하는 것이 없었고, 양팔로 각기 다른 무공을 펼쳐 내는 능력도 탁월했다.

하지만 무엇보다 바람을 날려 보내는 것이 가장 결정적이었다.

기무결이 팔을 한 번 휘두를 때마다 미풍이 살랑거리며 날아가는 것이 느껴졌다.

제아무리 공력이 뛰어나고 안목이 훌륭해도 바람을 눈으로 볼 수 있는 사람은 없었다.

그가 느끼기에는 그냥 바람일 뿐이었다.

한데도 심진기는 물론이고 살파 역시 미풍에 격중당할 때마다 비명을 지르며 상처를 입는다는 것이었다.

"천하에 저런 괴이한 무공이 있던가?"

문득 오래된 전설 하나가 떠올랐다.

바람을 일으키고 그 안에 살기를 담아 날려 보낼 수 있는 무공은 천하에 오직 천무은형잠종대법밖에 없었다.

고금오대마공의 전설은 중원을 넘어 새외삼패에도 전해지고 있었다.

'만약 저 무공이 정말 천무은형잠종대법이라면 더 이상 체면을 따질 필요는 없겠군.'

심진기가 패한 지금 살파마저 당하면 그 혼자서는 역부족이라는 것은 굳이 말로 설명할 필요가 없었다.

스르릉!

갈무로가 검을 뽑아 들고 격전이 벌어지는 곳으로 뛰어들었다.

"갈 형, 이게 무슨 짓이오?"

"놈의 무공이 워낙 괴이하니 확실하게 합시다."

"으음."

살파는 얼굴을 실룩거렸지만, 더 이상 아무 말도 하지 않았다. 그의 명성에 합공은 자존심이 상하는 일이었지만, 확실히 기무결의 무공은 혼자서는 감당하기 어려웠다.

그때 살파는 품속에서 막대기처럼 생긴 괴이한 병기를 꺼내 들고 있었다.

팔뚝만 한 짧은 길이에 지팡이처럼 보였지만, 그 끝에는 주먹만 한 공이 매달려 있었고, 공에는 온통 뾰족뾰족한 가시가 뒤덮여 있었다.

사람들은 모두 의외의 표정을 지으며 괴이한 병기를 쳐다보았다.

장내에는 많은 사람이 있었지만, 누구도 살파가 무기를 사용한다는 말을 들어본 적이 없었던 것이다.

"차앗!"

살파가 병기를 앞으로 쭉 내뻗었다.

순간 지팡이가 쭉쭉 늘어나더니 이 장 밖에 있던 기무결을 덮쳐 가는 것이 아닌가?

자세히 보니 지팡이 안에는 쇠사슬이 숨겨져 있었다. 때문에 지팡이가 늘어난 것이 아니라 쇠사슬이 나타난 것이었다.

허공에 가공할 파공성이 일었다.

살짝이라도 스치는 날엔 온몸이 무사하지 못할 것 같았다.

이는 유성추를 개량해서 만든 것으로 원거리 전용 무기였다.

살파는 근접 거리에서 두 번이나 기무결에게 쓴맛을 본 터라 가까이 다가가 싸우는 것에 두려움을 느끼고 있었다.

유성추는 원거리 공격을 하기에 안성맞춤인 무기인데다, 신체의 모든 부위를 사용하기 때문에 파괴력이 무척이나 크다.

이것 역시 예상치 못한 공격이었고, 기습적인 암습에 가까운 것이었다.

하나 기무결은 천지기하천하무적공의 보법을 밟아 어렵지 않게 피할 수 있었다.

문득 살파의 하체에 빈틈이 보였다.

기무결이 상체를 앞으로 기울이고 앞으로 짓쳐 나가려고 하자 옆에서 거대한 불기둥이 덮쳐 왔다. 기무결이 화들짝 놀라 옆으로 피하고 보니 불기둥의 정체는 다름 아닌 갈무로의 검이었다.

그는 불을 마음대로 부릴 수 있는데다 용암처럼 뜨거운 양강지기를 유형의 기운인 불로 만들어낼 수 있었다.

지금 그의 검을 감싸고 있는 불은 일반적인 불보다 더 뜨겁고 강해서 살짝만 스쳐도 철판도 녹아내릴 정도였다.

갈무로는 근접 싸움으로 응수했다.

이는 살파의 방식과는 정반대되는 것이었지만, 묘하게 서로의 단점을 보호해 주고 장점을 극대화시켜 주었다.

챙! 채챙!

하늘 위로 둔탁한 음성이 쉴 새 없이 터져 나왔다.

세 사람은 붙었다 떨어졌다를 반복하며 순식간에 이십여 초를 싸웠다.

살파의 유성추는 사납고 맹렬했으며 괴이독랄했다. 그리고 갈무로의 불의 검은 강렬하면서도 장강의 물줄기처럼 끊임없이 흘러나와 그 위력이 천하에 짝을 찾기 어려울 정도였다.

기무결은 이에 맞서 천지기하천하무적공의 보법으로 상대의 유성추와 불검 사이를 이리저리 오가며 능수능란하게 공격과 수비를 펼쳤다.

펑!

"윽!"

살파의 입에서 둔탁한 신음이 터져 나왔다.

기무결이 날린 한 줄기 미풍에 허벅지를 격중당해 하마터면 중심을 잃고 쓰러질 뻔했던 것이다.

쾅!

"크윽!"

이번에는 갈무로의 입에서 신음이 터졌다.

그는 자신에게 날아오는 미풍을 모조리 차단하려고 노력했지만, 기무결은 집요하기 이를 데 없어서 갈무로의 온몸은 크고 작은 부상으로 걸레처럼 변해 있었다.

"이놈!"

갈무로가 상처 입은 야수처럼 고함을 지르며 맹렬한 기세로 검을 휘둘렀다.
검에서 뻗어 나오던 불의 기운은 이미 한 자를 넘어 두 자 가까이 되었고, 검이 이르는 곳마다 뜨거운 열기로 뒤덮였다.
하지만 그의 무공은 기무결과는 상극이었다.
불이 아무리 뜨겁고 맹렬해도 바람에 따라 이리저리 움직이기 때문이었다.
심진기는 보면 볼수록 놀라웠다.
저게 가능한 일이란 말인가?
살파와 갈무로의 무공이 얼마나 대단한지는 누구보다 그가 더 잘 알고 있었다.
하물며 그들이 평생 사용하지 않던 병기까지 뽑아 들었는데도 불구하고 낭패를 당하고 있었다.
'정말 눈으로 보고도 믿을 수 없는 광경이로구나!'
어쩌면 그는 지금 미래의 천하제일고수를 보고 있는지도 몰랐다.
심진기는 가슴이 으스러져 숨을 쉬기도 어려운 상황이었지만, 가만히 넋 놓고 지켜만 볼 수는 없었다.
심진기가 몸을 날려 싸움에 끼어들자 형세는 더욱 급박하게 이어졌다.
한쪽에서는 가공할 극음지기가 휘몰아쳤고, 다른 한쪽에서는 뜨거운 불기운이 덮쳐 왔다. 그리고 다른 한쪽에서는 유성추가 춤을 추듯 날아오고 있어서 기무결은 한시도 방심할 수 없었다. 그나마 다행스러운 점은 심진기가 중상을 입어 움직임이 처음보다 민첩하지 못하다는 점이었다.

"세상에……."

절정사태와 양평은 넋을 놓고 지켜보고 있었다.

그들은 처음 살파의 가공무쌍한 무공을 접했을 때만 해도 기무결에게 승산이 없다고 생각했었다.

하지만 이게 웬걸?

기무결은 새외삼패의 고수 세 명이 합공을 하는데도 전혀 주눅이 들지 않았다.

그들은 감히 갈무로의 불의 검 근처에도 갈 수 없었다.

아니, 그전에 살파의 유성추를 과연 몇 초나 감당할 수 있을지 의문이었다.

화은설은 꿈을 꾸는 듯한 몽롱한 시선으로 기무결의 움직임을 쫓고 있었다.

하나 기무결의 움직임이 워낙 빠르고 선기가 담겨 있어서 알아보는 것보다 알아보지 못하는 것이 더 많았다.

바로 그때였다.

싸움이 더욱 격렬하게 벌어지더니 둔탁한 음성이 터져 나왔다.

그와 동시에 세 개의 인영이 비틀거리며 뒤로 물러서는 것이 아닌가?

그들은 다름 아닌 새외삼패의 고수들이었다.

三

삼경이 되어가는 야심한 시각.

미창산 봉우리에 다섯 개의 인영이 어둠을 뚫고 나타났다. 그들은 주변을 두리번거리다가 어느 한쪽에 시선을 고정시켰다.

"사형, 저곳에 관제묘가 있습니다."

"빨리 가자. 화산파에서 기다리고 있을지도 모르겠구나!"

그들은 소림사의 속가제자들이었다.

선두에서 진영을 이끌고 있는 사람은 소림사의 미래라는 초인기였다.

그들이 관제묘 안으로 들어서자 호풍을 비롯한 십여 명의 화산파의 제자가 기다리고 있었다.

그들이 다시 만나는 건 한 달 만의 일이었다.

그때는 암거래 시장의 실체를 파악하기 위해 묵룡원을 조사했었고, 아무것도 얻지 못한 채 물러나야만 했었다.

그리고 누군가의 농락에 자신들이 놀아났다는 것을 깨달았다.

얻은 것은 아무것도 없고 오히려 구파일방과 동창의 제독 사이에 밀약을 맺은 것만 들통 나지 않았던가?

그 이후 그들은 조사 방식을 바꿔서 따로 움직였다.

한데 놀랍게도 한 달이 지난 지금 그들은 같은 장소에 이르렀던 것이다. 따로 움직이고도 비슷한 정보를 얻었다면 이번에는 정말 확실하다는 뜻이었다.

"화산파는 암거래 시장을 조사하다 문득 새외삼패와 연관되는 것들을 발견했네. 해서 조사 방식을 바꿔 새외삼패를 추적하기 시작했지."

먼저 입을 연 사람은 호풍이었다.

"암거래 시장이 새외삼패와 관련이 있었단 말입니까?"

소림사의 속가제자들은 소스라치게 놀랐다. 전혀 생각하지 못했던 이름이 튀어나왔으니 놀라는 것도 당연한 일이었다.

호풍이 무거운 표정으로 고개를 끄덕였다.

"어렵게 알아낸 것이긴 하지만, 틀림없는 사실이네. 그나저나 소림사는 어떻게 이곳에 오게 된 건가?"

그제야 초인기는 생각이 난 듯 퍼뜩 정신을 차렸다.

"저희는 차명계좌를 조사하다 보면 뭔가 실마리를 얻을 수 있지 않을까 싶어 묵룡원의 차명계좌를 조사했었습니다."

"호오, 정말 탁월한 생각일세."

"다행히 저희 중에 전장을 운영하는 곳이 있기에 도움을 얻을 수 있었지요."

"그래서 얻은 결론은?"

호풍의 말에 소림사와 화산파의 제자들이 동시에 소리쳤다.

"구룡회!"

四

새외삼패의 고수들이 십여 걸음이나 비틀거리며 뒤로 물러섰다.

그런 그들의 몰골은 처참하기 짝이 없었다.

살파의 온몸은 풍형의 살기에 갈기갈기 찢겨 더 이상 회복이 되지 않았다. 쩍 벌어진 상처에서는 쉴 새 없이 검붉은 피가 흘러내리고 있었다.

갈무로의 검은 두 동강이 난 지 오래였고, 그의 왼쪽 어깨는 싹둑 잘려져 있었다. 창백하게 변해 있는 얼굴 위로 절망과 좌절의 빛이 떠오르고 있었다.

하지만 가장 비참한 몰골의 주인공은 바로 심진기였다.

원래 그는 기무결의 일격에 가슴이 으스러져 있었지만, 고강한 내력으로 버티던 중이었다. 그러던 것이 이제는 갈비뼈가 모조리 부서지고 단전이 파괴되어 폐인이 되고 말았다.

기무결도 충격을 받고 몇 걸음 뒤로 물러났다.

그는 속에서 울컥하며 피가 솟구쳐 올라오는 것을 간신히 참고 꿀꺽 삼켰다.

마지막 순간에 무리를 해서 자신이 가진 모든 재주를 쏟아내 새외삼패 세 명의 고수를 물리치긴 했지만, 내상을 입고 말았다.

기무결은 지금 서 있기도 어려웠지만, 가까스로 버티고 있었다. 이를 악물고 있다고 해야 옳을 것이다.

'역시 세 명을 동시에 상대하는 건 무리였다.'

그나마 심진기가 미리 다쳤기에 망정이지 그렇지 않았다면 누가 이기고 졌을지는 승패를 장담하기 어려웠다.

사람들은 말문을 잃고 말았다.

장내는 약속이나 한 듯 침묵에 빠져 들었다.

심지어는 구룡회의 아홉 회주마저도 강 건너 불구경하듯 멍하니 넋을 잃고 말았다.

그건 충격을 넘어 경악에 가까운 일이었다.

심진기와 살파 그리고 갈무로는 새외삼패 최고의 고수 중 한 명이었다.

그들의 능력이라면 능히 중원무림에서 마도의 사마나 구파일방의 칠기, 무림맹의 정천구룡과 자웅을 겨룰 수 있을 정도였다. 그런 엄청난 고수를 한 명도 아니고 세 명을 동시에 상대해서 이겼으니 천하가 놀라고도 남을 일이었다.

기무결은 몇 번이나 심호흡을 하고 나서야 겨우 들끓던 기혈이 조금 진정이 되는 것을 느꼈다.

"어떻소? 내가 운이 좋아 이겼으니 그대들은 약속을 지켜야 하지 않소?"

그는 싸우기 전에 했던 내기를 상기시켰다.

이번에야말로 구룡회와 새외삼패를 뒤에서 조종하는 자가 누구인지 알아낼 절호의 기회였다.

왠지 그자가 풍운산장을 집어삼키려고 했던 범죄 자문 책사와 연관이 있을 것 같다는 기분이 들었다.

범죄 자문 책사는 누군가 한 사람을 위해 일을 해주고 있었고, 당시 그는 풍운산장은 물론이고 무림맹과 황실에도 손을 뻗치고 있지 않았던가?

'분명 그자와 연관이 있을 것이다.'

어느새 기무결은 자신의 생각에 확신을 하고 있었다.

그렇다면 암거래 시장과도 밀접하게 관련이 있을 터였다. 또한 그건 화은설을 죽이려고 했던 배후 세력이기도 했다.

여러 가지 사건이 얼핏 복잡하게 꼬여 있는 것 같지만, 사실은 단 하나로 관통하고 있었다.

기무결은 처음엔 화은설을 죽이려던 자가 누구인지 알아보기 위해 시작한 일이었다.

하지만 이제는 도대체 누가 이런 엄청난 짓을 벌이고 있는지 궁금해서라도 알아보고 싶어졌던 것이다.

"그대들이 이번 일로 얻을 수 있는 것이 무엇이오?"

기무결이 천천히 그들에게 다가갔다.

살파와 갈무로가 허무한 표정을 지으며 말했다.

"말을 해줘도 이미 너무 늦었다."

"그게 무슨 소리요?"

"목적이 달성되었다는 소리다."

엥?

기무결이 황당한 표정을 지었다.

싸움에서 이긴 사람은 자신이고 금광을 손에 넣은 사람도 자신이었다.

한데 목적이 달성되었다니.

이건 그저 패배자들의 허세라고밖에는 들리지 않았다.

바로 그때였다.

초인기를 필두로 한 소림사의 속가제자들과 호풍을 위시한 화산파의 제자들이 담장을 넘어 장내로 뛰어들었다.

五

구룡겁화는 그렇게 막을 내렸다.

아미파와 청성파 그리고 사천당문이 입은 피해는 심히 막대한 것이었다.

그들은 상당한 정예 고수를 잃었고, 사문의 어른 격인 고수들도 태반 죽었기 때문에 몇 년 안에 정기를 회복하기가 쉽지 않았다.

하지만 어쩌면 구룡겁화는 이제 막 시작인지도 몰랐다.

무림에는 온갖 소문이 들끓었고 사람들은 흥분해서 열을 올렸다.

새외삼패가 구룡회를 이용해 중원무림을 장악하려고 했다느니, 다른 곳에도 구룡회와 비슷한 거점이 있을 거라느니, 어쩌면 지금이라도 당장 새외삼패가 손을 잡고 중원무림으로 처들어올 거라느니.

확인되지 않은 소문들이 마구 퍼져 나갔다.

하지만 사람들은 크게 흥분하고 분개했다. 이건 명백한 도발이었다. 정파와 마도가 이념을 초월해서 새외삼패와 전쟁을 벌여야 한다는 목소리가 점점 높아갔다.

무림맹과 구파일방도 심각하게 생각하긴 마찬가지였다.

그들은 이미 폐인이 되어버린 심진기와 살파 그리고 갈무로를 사로잡아 구룡회에서 획책한 일을 알아내려고 했지만, 그들은 그 어떤 고문에도 입을 열지 않았다.

구룡회의 아홉 회주는 무림맹이 아닌 황실에서 체포해 갔다.

그건 그들이 땅문서를 이용해 사채업자들과 전당포에서 돈을 대출하고 빌려간 사건들로 인해 고발을 당했기 때문이었다.

황실은 위조 전표나 위조문서에 대해 엄벌로 다스리고 있었다.

때문에 아홉 명의 회주는 졸지에 잡범으로 취급을 당했고, 평생 감옥에 갇혀 햇빛을 보기 어려울 것이었다.

한때 사천무림을 넘보던 구룡회가 졸지에 시정잡배로 몰락하는 순간이었다.

—겨울이 오기 전에 군웅대회를 열고자 합니다. 부디 많이 참석해 주셔서 의견도 주시고 뜻을 모으고자 하니 무림맹으로 와주셨으면 합니다.

그리고 혼란이 커지던 중에 한 장의 방문첩이 무림을 흥분의 도가니로 만들었다.

그건 다름 아닌 새외삼패와의 전쟁을 뜻하는 것이었고, 방문첩은 정파와 마도를 가리지 않았다.

겨울이 오기 전까지는 대략 삼 개월 남짓한 시간이었다.

그때까지 세부적인 내용을 만들고 봄이 되면 새외삼패와 전쟁을 벌일 생각이었다.

그렇다고 군웅대회에 아무나 참가할 수 있는 건 아니었다.

천하의 모든 무인이 참가하면 오히려 혼란만 생길 뿐 힘이 하나로 모아지는 건 아니었다.

무림맹은 유수 깊은 문파나 가문에게만 방문첩을 전했고 대부분 방문첩에 수락하면서 새외삼패와의 전쟁은 본격적인 서막을 알리고 있었다.

六

가을이 성큼 다가왔다.

그리고 오늘 천무서원은 길었던 여름방학이 끝나고 새로운 학기가 시작되는 날이었다.

교실 안은 오랜만에 만난 친구들이 떠드는 소리에 아침부터 왁자지껄 시끄러웠다.

하지만 유독 빈자리가 눈에 띄었다.

바로 화은설의 자리였다.

"화 소저가 왜 보이지 않는 거지? 쯧쯧, 누가 재앙의 성녀 아니라고 할까 봐 이 학기 시작 첫날부터 제대로 사고를 치는군."

예전 같았으면 너도나도 이 말에 동조했을 것이었다.

하지만 지금은 사람들이 말한 사람을 딱한 표정으로 쳐다보는 것이 아닌가?

"헛헛! 자네 어디 무인도에서 지내다 왔나?"

"엥? 그게 무슨 말인가?"

"자네가 하도 어이없는 말을 하니 그렇지."

"아니, 내가 뭘 어쨌다고?"

"쯧쯧, 자네는 소문도 듣지 못했단 말인가?"

세 살 먹은 어린아이도 알고 있는 일이었다.

구룡겁화를 알고 있다면 당연히 그걸 해결한 사람이 누구인지도 알 수밖에 없다.

기무결!

그 이름이 처음 알려지기 시작한 것은 신창양가장이었지만, 본격적으로 천하무림인들 가슴에 새겨진 것은 구룡회였던 것이다.

아미파와 청성파 그리고 사천당문이 해결하지 못한 일을 기무결이 해결한 것이다.

그리고 기무결이 나서지 않았다면 삼대문파의 피해는 지금보다 몇 배는 더 커졌으리란 의견이 지배적이었다.

천무서원 원생들이 처음 소문을 접했을 때는 너무 황당해서 농담으로 취급했을 정도였다.

하지만 당시 구룡겁화에 참가했던 아미파와 청성파 그리고 사천당문에서 하나같이 사실이라 증언을 했고, 뒤늦게 암거래 시장의 뒤를 추적하다 구룡회를 찾아갔던 소림사와 화산파까지 목격했다고 하니 더 이상 믿지 않을 도리가 없었다.

기무결이 화씨세가의 절기를 익혔다는 건 이미 알 만한 사람은 모두 아는 사실이었다.

그렇기 때문에 기무결이 구룡겁화를 해결했다는 건 상당히 의미가 있는 일이었다.

그건 다름 아닌 화씨세가의 부활을 의미하는 것이기 때문이었다.

화은설은 구룡겁화 때문에 며칠 늦게 천무서원에 합류하겠다고 전서구를 보냈다.

평소라면 어떤 변명도 통하지 않았을 천무서원이었지만, 워낙 사안이 중대한지라 운영진에서도 이번 한 번만 특별히 넘어가는 것으로 처리해 주었다.

“아니, 기무결이라면 그 마부 자식이 아닌가?”

“어이쿠, 자네 지금 미쳤나? 방금 그 말을 기무결 앞에서도 할 수 있으면 한번 해보시게.”

“끙! 그, 그러니까 나는 그냥…….”

식은땀이 절로 흘러 나왔다.

예전에는 마부라고 사람 취급도 하지 않았지만, 지금은 어디 그럴 수 있겠는가?

새외삼패의 고수를 무려 세 명이나 물리친 고수였다.

천무서원의 원생들이 하나같이 기재라고는 하지만, 기무결에 비할 바는 아니었다. 혹시라도 자신의 실언이 기무결의 귀에 들어갈까 전전긍긍할 정도였다.

제갈사란은 자존심이 상하고 약이 바싹 올라 있었다.

어딜 가든 화은설 얘기뿐이었다.

하긴 화은설이 신창양가장의 문제도 해결해 주었고, 구룡겁화도 해결했으니 당연한 일이었다.

학인준의 표정도 그리 밝지 못했다.

그는 화은설을 구하기 위해 황급히 신창양가장에 갔다가 엉뚱한 이야기만 듣고 무림맹으로 발길을 돌릴 수밖에 없었다.

처음에는 기무결이 마부라고 안중에도 두지 않았었다.

하지만 지금은 묘한 경쟁심이 들었다.

마부라고 무시하기에는 이미 기무결의 존재가 너무 커져 있었다.

第十二章 천무서원의 신입생 기무결

一

화은설은 자고 일어났더니 유명해졌다는 말을 실감하는 중이었다.

그녀가 무림맹에 돌아왔을 때 수많은 사람이 일거에 우르르 쏟아져 나와 그녀를 환대해 주었기 때문이었다.

이런 관심과 환대는 처음이었다.

화은설은 어리둥절하면서도 결코 기분이 나쁘지 않았다.

상황은 천무서원에서도 마찬가지였다.

화씨세가는 이제 더 이상 몰락한 가문이 아니었다.

화려하게 부활하다 못해 예전의 명성을 뛰어넘을 참이었다. 더구나 화은설이 산해관 지부를 살리고 신창양가장을 구해준 일이 더해져 천무서원의 원생들은 그녀와 친해지려고 앞다퉈 몰려들었다. 평소 친분이 거의 없던 사람들이 갑자기 친한 척 말을 걸어올 정도였다.

"점심 같이 먹을래?"

그렇게 말한 여인도 평소 친분이 거의 없던 사이였다.

"그건 좀 곤란한데."

"제발 부탁이야. 설 매하고 같이 먹으려고 점심을 준비해 왔어. 점심 먹으면서 구룡겁화 이야기를 듣고 싶어!"

"마음은 고맙지만……."

화은설이 곤혹스러운 표정으로 한쪽을 쳐다보았다. 그곳에는 그녀하고 같이 점심을 먹고 싶어 하는 사람들이 도시락을 들고 기다리고 있었다.

무려 스무 명이 넘었다.

그야말로 행복한 고민이었다.

예전에는 그렇게 같이 점심 좀 먹자고 해도 외면하던 것들이 이제는 제 발로 먼저 찾아와 친해지고 싶어 안달을 하니 말이다.

이래서 사람은 출세해야 하는 모양이었다.

화은설은 더 이상 혼자가 아니었다. 신창양가장의 양수란이 항상 옆에서 그녀를 챙겨주었다. 수업 시간에 필기한 것부터 시작해서 준비물을 빼놓고 온 건 없는지 세세하게 모두 챙겼다. 처음에는 은혜를 갚겠다고 시작한 일이었지만, 어느새 천무서원에서 가장 유명한 단짝이 되어버렸다.

하지만 무엇보다 화은설에게 힘이 된 것은 기무결이 천무서원의 원생으로 들어왔다는 것이었다.

그건 기무결의 의사와는 상관없이 진행된 것이었다.

무림맹에서는 자체 회의를 열고 구룡겁화를 해결한 기무결에게 감사의 차원에서 천무서원에 입학시켜 주기로 의견을 모았다.

이는 모든 사람이 꿈에서라도 바라던 일이었다.

천무서원은 무림에서 성공할 수 있는 동아줄이나 마찬가지였다.

하지만 학비가 워낙 비싸서 감히 들어갈 엄두를 내지 못했을 뿐이었다.

원래 천무서원에 입학하려면 절차와 조건이 까다롭기로 유명한데, 기무결은 구룡겁화를 해결하고 무림을 구한 것 하나만으로 충분했다.

기무결은 모든 것이 다 특전이었다. 등록금은 무림맹에서 장학금 명목으로 전액 지원이 되었고, 필요한 생활비 역시 매달 일정 금액 지원해 주었다. 이보다 더 통 큰 지원도 없었다.

천하무림은 이런 무림맹의 발 빠른 행동에 크게 감탄했고, 누구도 이의를 제기하는 사람이 없었다.

화은설은 뛸 듯이 좋아했다.

이제 기무결이 더 이상 자신의 전용 마부가 아니라는 생각을 하면 약간 아쉽기는 했지만, 그래도 어쨌든 화씨세가의 명맥을 이은 마지막 후계자였다. 함께 천무서원을 졸업해서 무림맹의 요직에 들어가 명성을 떨치면 그보다 더 좋은 일도 없을 것이었다.

기무결은 무림맹에 돌아올 때만 해도 마음의 준비를 단단히 했다. 이제야말로 정말 사천만 냥이란 돈을 찾을 때가 되었다고 생각했다. 더 이상 쓸데없는 일에 휘말리고 싶은 생각이 없었다. 이건 뭐, 무림맹 밖으로 나가기만 하면 하나씩 공을 세우고 돌아오니 이젠 밖으로 나가자는 말만 들어도 경기가 일어날 지경이었다.

그놈의 천무서원이 문제였다.

무슨 놈의 서원이 공부나 가르칠 것이지 실습이 그리 많은지.

그나마 이제 막 이 분기 학기가 시작되었으니 당분간 교실에서 수업만 할 터.

기무결은 또다시 실습이 주어지기 전에 보물을 찾아 떠날 생각이었다.

한데 이게 웬걸?

이젠 아예 자신이 천무서원의 원생이 되어버린 것이다.

그건 진정 마른하늘에 날벼락이나 마찬가지였다.

재수가 없으면 뒤로 자빠져도 코가 깨진다고 하더니.

땅속에 묻혀 있는 보물 찾기가 왠지 하늘에서 별을 따는 것보다 더 어렵게 느껴졌다.

하지만 지금은 보물을 찾아 떠나는 것이 문제가 아니었다. 남들은 천무서원에 들여보내 주면 얼씨구나 좋다고 덩실덩실 춤을 추겠지만, 기무결은 덜컥 의심부터 들었다.

아무리 자신이 무림을 구한 공을 세웠다고는 하지만, 그래도 정식 직함은 화은설의 전용 마부였다.

그전에는 천무서원의 하인이었다.

이걸 무림맹에서 모를 리 없었다.

어쩌면 자신이 천무서원 하인으로 들어오기 위해 위조한 문서도 조사했을 가능성이 높았다.

아니, 분명 조사했을 것이었다.

신창양가장과 구룡겁화 이전에 기무결은 구름처럼 몰려든 풍운산장의 병력을 뚫고 화은설과 제갈사란 등을 구한 적이 있었다.

당시 모든 사람이 혼천만겁구절진을 빠져나오는 건 불가능한 일이라고 생각했었다.

그럼에도 불구하고 기무결은 간단하게 혼천만겁구절진을 뚫고 빠져나왔다.

당연히 그 같은 사실이 제갈무외의 귀에 들어갔을 것이고, 자신의 정체에 의문을 품었을 것이었다.

그런데도 그런 이력은 일언반구도 없이 천무서원에 편입시켜 주었다면 아무리 봐도 호의가 호의로 느껴지지 않았다.

'정천구룡 그 늙탱이들이 얼마나 교활한 여우인데.'

이건 결코 호의가 아니었다.

그렇다고 감사의 차원에서 진행된 것도 아니었다.

그의 육감은 그렇게 말하고 있었다.

二

같은 시각.

제갈무외의 집무실에 추적과 변장의 달인으로 유명한 추면객 화영이 들어섰다.

무림맹에는 수십 개의 조직이 있는데 그중에서도 사람들 사이에 가장 공포의 대상이 되는 곳이 있으니 바로 추각이었다.

이곳은 죄를 지은 범인들을 하늘 끝까지 추적해서 잡아오거나 죽이는 것을 전문으로 하고 있었다.

어떨 때는 신분이 의심 가는 자들의 뒤를 캐고 신상 정보를 조사하기도 했다. 뒤가 구리거나 죄를 지은 자들에게 추각은 저승사자보다 더 무섭고 두려웠다.

특히, 추면객 화영의 손에 걸렸다면 도망치기를 포기해야 한다.

그의 추적술과 변장술은 가히 신의 경지에 이르러 제아무리 용쓰는 재주를 지닌 자라도 며칠을 버티지 못하기 때문이었다.

"어떤가, 알아보았나?"

"이력서에 적혀 있는 것은 모두 거짓이었습니다. 승상부에서 일한 적도 없고, 직인이 찍혀 있는 관아에서도 그런 것을 내준 적이 없다고 했습니다. 물론 태어나고 자란 곳도 모두 가짜였습니다."

"흐음. 역시 그렇군."

제갈무외가 얼굴을 찌푸렸다.

그는 기무결의 신상내력을 조사하고 있었다.

우선 기무결이 제출한 이력서는 모두 가짜였다.

심지어 관아의 직인까지 조작을 했으니 완전히 문서를 위조한 셈이었다. 확실히 수상한 냄새가 난다. 분명 더 파고들면 엄청난 무언가를 손에 넣을 것 같았다.

'이것으로 놈도 파멸을 시키고 화씨세가와도 떨어뜨려 놓을 수 있겠어.'

제갈무외는 화영을 쳐다보며 말했다.

"이번 일은 자네가 직접 해줘야겠네. 아주 은밀하게 기무결이란 자의 뒤를 조사하게. 분명 불순한 의도를 가지고 무림맹에 잠입했을 것이네."

아주 이례적인 일이었다.

아무리 제갈무외가 무림맹주라고는 하지만, 직접 추면객 화영에게 누군가 한 사람의 신상을 조사하라고 시킨 적은 없었다.

이는 그만큼 중차대한 일이라는 뜻이었다.

"흐흐, 마침 구미가 당기던 중입니다. 오랜만에 아주 재미 있는 일이 될 것 같습니다."

지금까지 단 한 번도 범인을 추적해서 놓친 적이 없는 화영이었다.

그는 추적의 달인이었고, 모습도 자유자재로 바꿀 수 있어서 상대에게 들킬 염려도 없었다. 당연히 신상 조사 따위는 애들 장난에 불과했다.

"한데, 맹주께선 어찌 그런 자를 선뜻 천무서원에 입학시키신 것입니까?"

제갈무외가 눈빛을 반짝였다.

"방심하게 만들려는 것일세. 우리가 정체를 의심하고 있다는 생각을 절대 하지 못하게 해야 하네. 혹시 눈치라도 채면 도망칠지 모르는 일 아닌가?"

화영이 고개를 끄덕였다.

그 역시 같은 생각을 했었던 것이다.

하지만 이미 이력서가 위조된 문서라는 것이 드러난 마당에 굳이 다른 증거를 찾을 이유가 있을까 싶었다.

지금이라도 당장 위조한 이력서를 내밀고 생포하면 그만이었다.

제갈무외가 혀를 찼다.

"쯧쯧, 자네 같으면 구룡겁화를 해결하고 신창양가장을 도와 삼대세가를 물리친 절정의 고수가 이력서를 위조했다면 믿겠나?"

하긴 그것도 그랬다.

더구나 위조한 문서를 기무결이 작성한 것이 아니라고 우기면 그때는 상황만 복잡하게 변하게 된다.

상식적으로 말이 안 되는 일이었다.

고강한 무공을 지닌 사람이 무엇이 아쉬워 문서를 위조하면서까지 천무서원의 하인으로 들어오려고 한단 말인가?

그래서였다.

지금 손을 썼다가는 괜히 무림맹이 기무결의 능력을 질시해서 엄한 사람 잡는다고 오해할지도 몰랐다.

"결정적인 증거를 잡아야 하네. 도저히 빼도 박도 할 수 없는 증거 말일세."

분명 무림맹에 잠입할 그 무언가가 있는 게 틀림없었다.

그리고 기무결이 화은설의 전용 마부로 들어간 것도 수상쩍었다. 어찌 되었든 그 이후로 다 죽었던 화씨세가가 다시금 부활한 것이기 때문이었다.

三

기무결은 발 빠르게 움직였다.

상대의 의도를 알게 된 이상 가만히 있으면 당하기 십상이었다.

기무결은 뇌강을 찾아갔다.

이때쯤 뇌강은 기무결이 신창양가장으로 가기 전에 그려준 엉터리 지도 때문에 엄한 곳만 죽어라 팠다가 모두 아닌 걸 알고 화가 머리꼭대기까지 치민 상태였다.

"으으, 이놈의 호로 자식 같으니! 네놈이 알아서 죽을 자리를 찾아오는구나!"

뇌강은 씩씩거리며 검을 뽑으려 했다.

그때, 기무결이 팔장을 끼고 태연하게 말했다.

"감당할 수 있겠습니까?"

"뭐, 뭐야?"

"신중하게 행동하는 게 좋을 겁니다. 검을 뽑으면 그땐 목숨으로 책임을 져야 할 겁니다."

"으으, 이… 이놈이 정말?"

뇌강의 얼굴이 시뻘겋게 달아올랐다.

그가 언제 이런 모욕적인 말을 들어본 적이 있겠는가?

자존심을 생각하면 당장에라도 검을 뽑아야 마땅하겠지만, 그는 끝내 검을 뽑아 들지 못했다.

그도 당금 무림을 진동하고 있는 소문을 들었던 것이다.

처음에는 코웃음 치며 소문을 무시했다. 몇 달 전만 해도 기무결은 자신의 상대가 되지 않았다. 한데 불과 몇 개월 만에 삼대세가를 물리치고 구룡겁화를 해결할 정도의 고수가 되었다니, 이게 어디 상식적으로 가능한 일이던가?

하지만 기무결이 익힌 무공은 다름 아닌 고금오대마공 중 하나인 천무은형잠종대법이었다. 마공의 특성상 속성으로 익힐 수 있었고, 그 위력도 여타의 무공과는 차원이 다를 터.

그리 불가능한 일만도 아닌 것 같았다.

'어이구, 저걸 그때 확 죽였어야 했는데.'

속에서 열불이 치밀어 올랐다.

이젠 너무 커버려서 죽이는 게 문제가 아니라 자신이 꼬리를 내려야 할 판이었다.

四

사실 기무결에게는 두 가지 선택만이 있었다.

과감하게 사천만 냥의 보물을 포기하고 무림맹을 떠나든지 아니면 아무것도 모르는 척 태연하게 남아 있든지.

무엇을 선택하든 위험하긴 마찬가지였다.

어쩌면 사천만 냥을 포기하고 도망치는 것이 현실적으로 가장 좋은 방법인지도 몰랐다.

하지만 도망을 친다는 건 곧 죄를 자백하는 것이나 마찬가지.

문서를 위조하면서까지 무림맹에 잠입한 이유를 캐물으려 할 것이 뻔했다.

어쩌면 간세로 몰려 무림의 공적이 될지도 몰랐다.

평생 무림맹의 추적을 받으며 살아야 할 것이었다.

화씨세가에게 불통이 튈 수 있었다.

이제 겨우 몰락했던 가문이 부활했다고 좋아하던 화은설의 얼굴이 눈에 선했다.

"으음."

기무결은 갈등하지 않을 수 없었다.

예전이었다면 아무 미련 없이 등을 돌렸겠지만, 화은설과 영영은 그에게도 각별한 존재였다.

영영은 자신을 가족처럼 생각하고 있었다.

그리고 화은설은 버릇도 없고 천방지축에 사고만 치고 다니는 성격이지만, 순진한 성격에 사랑스러운 여인이었다.

"우라질!"

도망치는 방법은 도저히 사용할 수가 없었다.

자신이 살자고 애꿎은 두 명의 여인을 죽게 만들 수는 없었다.

결국 그가 선택한 방법은 무림맹에 남는 것이었다.

그리고 이왕 무림맹에 남았다면 가만히 앉아서 당할 수는 없었다.

그래서 찾아온 사람이 바로 뇌강이었다.

『왕후장상』 5권에 계속…

절대호위
1
절대호위
절대호위 1
절대호위 2
문용신 新무협 판타지 소설
FANTASTIC ORIENTAL HEROES
절대호위